엄마, 죽고 싶으면 죽어도 돼

ママ、死にたいなら死んでもいいよ

MAMA, SHINITAINARA SHINDEMOIIYO

© HIROMI KISHIDA 2017

Originally published in Japan in 2017 by ChiChi Publishing Co., Ltd., TOKYO,

Korean translation rights arranged with ChiChi Publishing Co., Ltd., TOKYO,

through TOHAN CORPORATION, TOKYO, and BC Agency, SEOUL.

엄마,
죽고 싶으면 죽어도 돼

딸의 이 한마디로 나의 새로운 인생이 시작되었다

·· 기시다 히로미 지음 | 박진희 옮김

리즈앤북
ries & book

"죽고 싶으면 죽어도 돼."

시끌시끌하고 어수선한 고베의 한 레스토랑.
정면에 앉은 딸이 내뱉은 한마디에 나는 할 말을 잃었습니다.
2008년 초여름의 일이었습니다.

그날, 나는 절망의 나락에 떨어져 있었습니다.
급성 대동맥해리라는 심장병 수술 후유증으로 남은 하반신마
비, 수개월에 걸친 입원생활에 진이 다 빠져버린 상태였습니다.
걷는 것은 물론이고, 당시에는 잠자리에서 몸을 뒤척일 수도,
침대에서 몸을 일으킬 수도 없었으니까요.
눈을 뜨는 하루하루, 천장을 바라보며 눈물만 흘렸습니다.

입원한 지 180일이 지나 겨우 외출 허락을 받았을 때는 얼마나 기뻤던지, 심장이 요동치는 것이 느껴질 정도였습니다.

그러나 설렘과 달리 나를 기다리고 있던 것은 냉엄한 현실이었습니다.

걸어 다닐 때는 고베미츠미야 역에서 내려 개찰하고 거리로 나오는 데 1분도 걸리지 않았지만, 이제 더 이상 내 다리로 걷지 못합니다. 게다가 그곳에는 휠체어가 넘을 수 없는 벽인 계단이 있습니다.

화장실에 가고 싶어도 휠체어가 들어갈 만한 화장실이 잘 없습니다.

열일곱 살 딸아이가 휠체어를 밀며 한참 헤매다 찾아들어간 가게 안은 또 어찌나 좁던지, 빈 자리로 가는 것조차 어려웠습니다. 걸어 다닐 때는 생각지도 못했던 상황들뿐입니다.

"실례합니다, 죄송합니다, 좀 지나가겠습니다."

퍼뜩, '오늘은 하루 종일 사람들에게 사과만 하고 있구나.' 싶었습니다.

겨우 들어간 레스토랑에서 식사를 하기도 전에 나는 이미 지쳐버렸습니다.

휠체어로 하는 외출이 이렇게 고단하리라고는 생각지도 못했습니다.

"난 왜 살아 있는 거지, 차라리 죽는 게 나았을 텐데…"

무심코, 속마음이 입 밖으로 나와 버렸습니다.
끝이 보이지 않는 입원생활, 힘든 재활운동, 전혀 즐겁지 않은 외출….
이 세상 누구도 나를 필요로 하지 않는 것 같은 기분….
지금 생각해 보면, 아마 그때가 한계치였나 봅니다.

앗! 저는 곧바로 후회했습니다.
'이런, 내가 왜 그랬지, 애 앞에서 이러면 안 되는데….'
딸의 얼굴을 쳐다볼 수가 없었습니다.
"죽다니, 왜 그런 소리를 하는 거야!"
아마도 딸아이는 울면서 그렇게 소리칠 거라고 생각했습니다.

딸아이는 언제나 나를 제일 잘 알아주고 이해하는 조력자입니다.
병으로 쓰러지기 전에도 자주 둘이서 쇼핑이나 영화를 보러 다녔고, 모녀지간이면서 친구처럼 사이가 좋았습니다.

그런 딸아이의 입에서 생각지도 못한 말이 튀어나왔습니다.

"죽고 싶으면 죽어도 돼."

아마 여러분도 깜짝 놀라셨을 테지요.
부모에게 대놓고 그런 말을 하는 딸이 어디 있냐며 화를 내는
분도 있을지 모르겠습니다.

하지만 딸아이의 그 한마디는, 그때까지 들었던 어떤 말보다도
제게 위로가 되었습니다.
본인의 다리로 걷지 못한다는 절망에 빠져 허우적대던 내게,
다시 앞으로 나아갈 의지를 심어주었으니까요.

'죽어도 돼'라는 이 한마디로
나의 새로운 인생이 시작된 것입니다.

◇ 차례 ◇

제1부

01

남들과 다르다는 두려움

착한 아이

1968년 9월, 저는 오사카 시의 타니마치라는 곳에서 태어났습니다.

타니마치는 곳곳에 절과 신사가 있는 데다 단층 주택들이 쭉 늘어선 곳이라, 번화가와 접해 있으면서도 어딘가 예스러운 느낌을 주는 동네입니다. 그곳에서 우리 집은 작은 인쇄소를 경영했고, 저는 부모님과 친할아버지할머니와 함께 살았습니다.

집 가까이에는 마츠야쵸라는 오사카 최대의 완구점 거리가 있었는데, 아버지는 무슨 핑계를 대서든 제게 장난감을 사서 안겨주곤 했어요. 굳이 원한 것도 아닌데 뭐든지 자꾸 사주는 바람에 중학생이 될 때까지 저는 우리 집이 부자인 줄 알았습니다.

당연한 이야기지만, 우리 집이 실제로 부자였던 것은 아닙니다. 아버지는 그저 하나뿐인 딸에게 어떤 식으로 애정 표현을 해야 하는지 몰랐던 것뿐이었어요. 비록 엉뚱한 애정 표현이긴 했지만, 다행히도 저는 아버지의 사랑은 충분히 느낄 수 있었습니다.

물론 우리 집에 아무런 문제도 없었던 것은 아닙니다. 오히려 그 반대였지요.

알코올의존증이었던 아버지는 아침부터 술 마시고 소리치는 게 다반사였고, 놀음을 좋아해서 주말에는 언제나 경마에 빠져 집을 비웠습니다.

우울증이었던 할머니는 항상 방구석에서 '힘들어, 괴로워, 죽고 싶어' 같은, 듣고 있는 사람까지 우울해지는 혼잣말을 중얼거리곤 했습니다. 다행히 할아버지는 자상하고 평온한 사람이었지만, 병치레가 많았습니다.

시부모와 남편, 그리고 어린 저까지 식구들을 돌보면서 집안일은 물론 인쇄소까지 운영해야 했기에 어머니는 한시도 쉴 틈이 없었어요. 어린 제 눈에 어머니는 늘 일에 찌들어 있는 것처럼 보였지요.

'엄마가 너무 불쌍해. 빨리 커서 내가 엄마를 도와주어야지.'

하지만 일을 돕기에는 아직 어린 제가 할 수 있는 건 가능한 '착한 아이'가 되는 것뿐이었습니다.

저는 어른들 얼굴을 살피며 태도와 행동을 달리할 줄 아는 아이로 자랐습니다.

감정 기복이 심한 할머니와 아버지의 신경을 거스르지 않으려고 항상 방긋방긋 웃고 있었지요. 집안 분위기가 나빠지면 어떤 방법으로든 회복시키려고 애썼습니다.

집안에서만이 아니라 이웃들에게도 똑똑한 아이라고 귀여움을 받았어요.

"히로미는 정말 착하다니까. 우리 딸은 엄마의 자랑이야."

어머니가 좋아해 주시는 게 기뻤습니다. 더욱 기쁘게 해드리고 싶었어요. 그 마음 하나로 몸에 익힌 처세술이었으니까요.

'착한 아이' 노릇에 박차를 가하듯 중학생이 될 즈음에는 나이답지 않게 집안일도 어느 정도 해낼 수 있게 되었습니다.

제게 집안일을 가르쳐준 분은 할머니였어요. 옛날 분이신 할머니는 여자란 남편이 바깥일을 나간 사이 집을 지키는 존재이며, 청소나 요리 정도는 완벽하게 해내야 한다고 믿는 분이셨어요. 저는 설거지는 물론 육수 내는 법까지, 작은 실수도 용납하지 않는 엄한 교육을 받았습니다.

지금이니까 그때의 시간들을 할머니께 감사드린다고 말할 여유가 생겼지, 당시의 저는 필사적이었어요. 할머니를 화나게 하면 안 돼, 엄마를 실망시키면 안 돼, 그런 생각만이 머릿속에 가득했으니까요.

고등학생이 되어서는 훈련이 고되기로 유명한 배구부에 들어갔습니다. 당시 부원들 사이에서는 지금까지도 "그 지옥 같은 훈

고생하시는 엄마를 위해

난 착한 아이가 되어야 해…

련도 이겨냈는데 우리가 뭐는 못하겠어!"가 말버릇일 정도입니다.

지금 생각해 보면, 그 시간들을 견디며 무슨 일이든 노력해 이겨내는 버릇이 든 것도, 넓은 의미로 생각하면 부모님을 위해서였던 것 같습니다.

저는 주위의 어른들 눈으로 보면 확실히 '착한 아이'였을 거예요.

하지만 사실 제 진짜 속마음은, 실패하거나 남들과 다른 것이 무서웠던 것뿐이었어요. 무엇을 하든 남들의 눈을 의식했으니까요.

친구들과 놀다가 귀가시간이 늦어지면, 집에 도착하기 50미터 전부터 신발을 벗고 맨발로 달렸을 정도입니다. 굽이 있는 신발은 소리가 나니까 이웃에게 들키지 않으려고요. 혹여라도 식구들에게 여자아이가 너무 늦게 다니는 거 아니냐는 소리를 듣게 하고 싶지 않았거든요.

어른이 된 다음에 진실을 알게 되었는데, 어머니는 제가 생각했던 것만큼 고생스럽지 않으셨다고 합니다. 어머니는 아버지에게 원망 따위 조금도 없었고, 오히려 고마워하고 있었지요.

"놀음 좋아하는 건 좀 힘들었지만, 땄을 때는 늘 집에서 가족들과 함께 먹겠다며 초밥을 사들고 오는 자상한 면도 있었단다."

아무렇지도 않게 웃으면서 말하는 어머니를 보고, 저는 어깨의 힘이 쑥 빠지는 것을 느꼈습니다. 착각에 빠져 웃돌았던 건 오히려 저였던 겁니다. 하지만 한편으로는 그런 낙천적인 성격 덕분에 바깥일과 집안일을 모두 책임져야 했던 어머니가 건강하게 견뎌낼 수 있었단 생각도 들었습니다.

어쨌든 저는 남들과 다른 것이 두려워 '착한 아이'를 자처했던 아이였습니다.

유소년기에 심어진 이 착각 탓에 저는 결국 마음고생을 하게 됩니다.

행복만이 가득했던 나날

남편인 기시다 코지를 만난 건, 단기대학을 졸업하고 대기업 계열의 부동산회사에서 일하기 시작한 때였습니다.

세 살 연상이었지만 동기 입사를 한 남편은, 수일간에 걸쳐 실시한 신입사원 연수에서도 매번 팀 리더를 맡는 눈에 띄는 존재였습니다. 출신도 학력도 제각각인 다른 사원의 의견을 모아 정리하고, 모임이나 이벤트 기획에도 앞장섰지요. 모두가 말하기 힘들어하는 일이라도, 그게 바른 일이면 거침없이 말하곤 했어요.

그렇다고 냉정한 사람은 아니어서 주위에 잘 어울리지 못하는 사원이 있으면 하루 종일 상담역을 자처하는 인간미 넘치는 사람이었습니다. 나중에 알게 된 사실이지만, 남편은 초등학교부터 고등학교까지 9년간 야구팀의 주전 멤버로 활약한 캡틴이었다고 하더군요.

의지와 자신감으로 본인의 의견을 피력할 수 있는 강함과 인간
적인 자상함이 몸에 배어 있는 사람… 당시 나와는 정반대의 존
재인 남편에게 언제부턴지 모르게 존경 이상의 마음을 품게 되
었습니다.

　처음에는 남편을 포함한 동기들과 그룹으로 밥을 먹으러 다니
며 함께 어울렸습니다. 몇 번 그런 모임을 갖는 사이 둘이서 만나
는 일이 많아져 연인으로 발전하게 되었습니다.

　어느 날, 남편이 자기가 살아온 날들에 대해서 이야기해 주었
습니다.

　남편에게는 형님이 한 분 계신데, 그 형님은 이른바 우등생이었
다고 합니다.

　"나는 뭐를 해도 형을 이길 수 없는 거야. 아무리 연습을 열심
히 해서 야구팀에서 활약을 해도 부모님은 형만 감싸고도니까
아주 진절머리가 나더라고."

　부모의 편애에 투덜거리며 나날이 형에 대한 콤플렉스가 커져
가던 남편은 집에서 겉돌았고, 그만큼 밖에서 자신의 자리를 찾
고자 했답니다. 그래서인지 남편의 꿈은 원만한 가정을 만드는
것이었고, 그런 생각으로 이성을 보니, 동기들 중 얌전하고 집안
일도 요령 있게 잘하는 제가 눈에 들어왔다고 하더군요.

　순수한 의도는 아니었지만 어쨌든 저를 단련시켰던 어린 시절의
시간들이 그에게는 여자로서의 매력으로 어필되었던 모양입니다.

나미가 나를 닮았어!

남편에게 프러포즈를 받고 1년 반 만에 회사를 그만두었고, 퇴사한 지 1년 후에 큰딸 나미가 태어났어요. 아기를 받아든 순간 웃음이 터져 나왔을 만큼 남편과 꼭 닮은 여자아이였습니다.

스물세 살에 출산을 했으니 친구들 중에서도 제일 빨리 엄마가 되었고, 어린 나이에 엄마가 되다 보니 힘든 일도 정말 많았습니다. 하지만 그런 고생쯤은 한숨에 날려버릴 정도로 행복한 나날이었습니다.

남편이 지키고 싶었던 것

결혼하고 4년째 되던 해의 겨울, 한신대지진이 일어났습니다.

당시 우리 신혼집은 행정구역상 고베 시였지만, 진원지에서 먼 북쪽이었던 까닭에 다행히도 큰 지장은 없었습니다. 하지만 니시미야 시에 있었던 남편의 본가는 완전히 무너지고 말았지요.

남편은 교통이 마비된 그곳에서 몇 시간이나 걸려 시부모님을 모시고 왔습니다.

하지만 시아버지는 사흘도 채 되지 않아 니시미야 시에 돌아가시겠다고 고집을 피우셨습니다.

"모두들 집이 무너져 고생하고 있는데, 나 혼자 여기 있을 수는 없다."

그렇게 말씀하시며 짐을 싸는 환갑의 시아버님 직업은 목수였습니다.

위험해서 안 된다고 말렸지만, 시아버지는 공구를 들고 나가버리셨지요. 그렇게 니시미야 시로 돌아간 시아버지는 무너진 집들의 복구 작업에 몰두하셨다고 합니다.

남편은 그때 회사에서 자택 대기를 명받고 있었습니다.

목수와 부동산회사. 같은 주택을 취급하는 일이라도 목수인 아버지와 달리 아무것도 할 수 없다는 사실에 갑갑함을 느끼던 남편은, 다음날부터 시아버지의 작업을 도우러 갔습니다. 익숙하지 않은 일에 너무 매달린 탓인지 건초염에 걸렸지만, 그래도 공구 잡은 손을 놓지 않았습니다.

어느 정도 시간이 지나 조금 안정이 되었을 무렵, 남편이 저녁 식탁에서 말했습니다.

"나, 회사 그만두고 회사를 차릴까 해."

"네? 회사를 차린다고요?"

놀라기는 했지만, 마음 한구석에서는 '올 것이 왔구나' 싶었습니다.

자신의 직감을 믿고, 새로운 일에 거침없이 도전하는 남편이 보수적인 대기업 계열의 회사에서 언제부턴가 겉돌고 있다는 느낌이 들기 시작했거든요.

하지만 창업은 또 다른 문제였습니다. 저는 이미 친정의 소상공인 경영의 잔혹함을 가까이에서 보아 잘 알고 있었으니까요.

당혹감과 망설임이 가득한 속마음을 들키지 않도록 애쓰며 저는 남편에게 물었습니다.

"사업이라면, 어떤 일을 할 건데요?"

"건축 회사를 하려고. 지진으로 집이 무너져버린 사람도, 예전처럼 웃으면서 새롭게 생활할 수 있는 집을 만들고 싶어."

마음속으로 참 남편다운 이유다 싶었습니다.

아무리 무모하다고 해도 한 번 입 밖에 내놓은 일에는 어떤 말도 소용없다는 것을 잘 알고 있었었기에 저는 반대할 수가 없었어요. 사실 남편의 이런 성격이 딸에게 그대로 유전되었다는 걸 저는 수년 뒤에 알게 되었답니다.

"알겠어요. 나는 경영은 잘 모르니 회사 일에 도움은 안 되겠지만, 집안일은 걱정 마세요."

말은 그렇게 했지만, 범상치 않은 날들이 기다리고 있으리란 것은 눈에 빤히 보였습니다.

어쩌면 그때 내가 고집을 피우며 반대를 했더라면 남편을 그렇게 보내지는 않았을지도 모릅니다. 사실은 가끔, 지금도 그때의 제 행동이 옳았는지 갈피를 못 잡을 때가 있어요.

다만 한 가지, 양복을 입고 출근하던 그가 먼지투성이의 작업복을 걸치고 환한 얼굴로 일에 열중하던 모습을 저는 여전히 자랑스럽게 생각합니다.

나 회사 그만두어야겠어…

축하인사 없는 출산

첫아이인 나미가 태어나고 4년 후인 1995년 11월 5일, 둘째 료타가 태어났습니다.

료타가 태어나기 두 달 전부터 저는 누운 채 생활을 해야만 했어요. 의사에게 절박유산의 위험이 있으니 가능한 움직이지 않고 생활하라는 지시를 받았거든요. 할 수 없이 친정엄마와 시어머니께서 번갈아가며 우리 집에 오셔서 집안일을 도와주시고 나미를 돌보아주었습니다.

혼자서는 아무것도 할 수 없는 답답함을 견뎌야만 하는 날들이었기에 저는 출산예정일만을 손꼽아 기다렸지요.

그렇게 손꼽아 기다린 날, 분만실에서 우렁찬 울음소리가 귀에 날아들자 저는 구원이라도 받은 기분이었습니다. 하지만 곧 뭔가 좀 이상하다는 생각이 들었지요.

나미를 출산했을 때는 간호사들이 "축하드려요.", "정말 고생하셨어요."라며 제각기 한마디씩 해주었거든요. 그것이 일반적인 반응이라고 생각했습니다.

그런데 이번에는 침묵이 지속되었던 겁니다. 분만실에는 료타의 울음소리만이 울리고 있었어요. 당황하는 내 모습을 알아차린 듯 잠시 후 간호사 한 명이 "남자아이예요."라고 일러주었습니다. 단지 그 한마디뿐이었어요.

분만실은 다시 침묵의 공간으로 돌아갔고, 나는 출산을 도운 누구에게도 축하의 말을 듣지 못했습니다.

나중에 남편에게 들을 이야기로는, 료타가 태어나자마자 의사와 간호사들이 부지런히 분만실과 복도를 오갔다고 합니다. 남편도 예사롭지 않다고 느꼈던 모양이에요.

아무튼 료타는 아무 일도 없었던 듯 신생아실로 갔고, 하루에 다섯 번 정도 수유를 위해 병실에서 료타를 안을 수 있었습니다. 그때만큼은 맘속에서 울렁이던 불안도 가라앉았지만, 혼자가 되면 또다시 알 수 없는 위화감이 커졌습니다.

출산하고 이틀이 지나자 더 이상 견딜 수 없었던 저는 간호사를 붙잡고 물어보았습니다.

"저기, 료타는 정말로 건강한 거죠?"

"네, 아주 건강하답니다."

잠시 틈을 두고 간호사는 활짝 웃으며 말했습니다.

"여러 모로 힘드시겠지만, 뭐든 제가 도움 될 만한 일이 있으면 말씀해 주세요."

무슨 말인지 알아들을 수가 없었습니다.

내 표정이 굳어지는 것을 보고 간호사의 얼굴에 당혹스러움이 스쳤습니다.

'쓸데없는 말을 했나 봐.'

그녀의 속마음이 들리는 듯했지요. 무언가 내게 알리지 않은 일이 있다는 것을 직감했습니다.

패닉이 가시지 않은 상태에서도 저는 매달리듯 간호사에게 말했어요.

"료타에 대해서 알려주세요. 어떤 말을 들어도 상관없어요. 이렇게 부탁드려요."

"…의사선생님을 부를게요. 잠시만 기다리세요."

역시 분만실에서 느꼈던 위화감은 착각이 아니었던 겁니다. 의문은 확신으로, 확신은 강렬한 불안으로 변해갔습니다.

분명 아이 울음소리가 들렸는데

왜 아무 말도 안 하는 거지?

1천 명 중 한 명, 다운증후군

그날 저녁, 일을 마친 남편과 함께 의사선생님의 설명을 들을 수 있었습니다. 어둠이 내리는 진찰실에는 급히 마련된 듯 접이식 파이프 의자가 나란히 놓여 있었습니다.

우리보다 나중에 들어온 의사선생님은 출산 전에 보여준 낙천적이고 부드러운 표정이 아니라, 어딘가 어색하고 굳은 표정으로 자리에 앉았습니다.

이야기를 꺼내는 선생님의 목소리는, 무언가 죄라도 지은 듯 조심스러웠습니다.

"기시다 씨, 다운증후군이라는 장애를 아십니까?"

장애.

상상도 하지 않았던 무거운 단어의 울림에 머릿속이 순간 하얘졌습니다.

"유감스럽지만, 료타는 보통 아이들처럼 말하거나 공부할 수 없을지도 모릅니다. 성장하기 전까지는 장애의 정도를 정확히 알 수 없지만, 다운증후군에는 심장병 같은 합병증이 있는 경우도 많아서 쭉 누운 채 지내야 되는 사람도 있습니다."

선생님의 설명을 들으며 내 의식은 조금씩 현실로 돌아왔습니다. 무언가 물어보아야 한다고 생각은 했지만 목소리가 나오지 않았습니다. 저는 다운증후군이라는 장애가 어떤 것인지 정확히 알지 못했습니다. 그저 단 하나 분명한 것은, 료타는 평범한 아이가 될 수 없다는 것.

남편과 둘이서 망연자실하고 있자, 선생님은 마지막으로 "미국에서는 다운증후군이라도 코미디언으로 활약하고 있는 사람도 있답니다." 하고 덧붙였습니다.

그런 말은 당시의 우리들에게 어떤 위로도 되지 않았습니다.

물론 지금은 저도 지적장애가 있어도 특유의 재능을 발휘하는 예술가가 있다는 사실을 잘 압니다. 서예가로 이름을 떨치는 아티스트도 있고, 부단한 노력으로 사회에서 일하고 있는 사람도 있습니다.

하지만 당시의 저는 우리 아이가 일반적이지 않다는 사실만이 머릿속을 가득 채워서 아이의 장래까지 상상할 여지가 없었습니다.

장애?

여느 아이와 같지 않다고?

어째서?

료타가 왜?

답 없는 물음만이 머릿속을 빙글빙글 맴돌 뿐이었습니다.

료타를 출산한 것은 종합병원이 아니라 동네의 작은 산부인과였습니다. 그 병원에서 다운증후군 아이가 태어난 것은 개원 이래 료타가 두 번째라고 합니다. 선생님들이 익숙하지 않아 선고가 늦어진 것도 지금 생각하면 어쩔 수 없는 일이었겠지요.

"다운… 증후군이라는 게 뭔가요, 선생님?"

더듬거리며 묻는 내 목소리가 떨리고 있었습니다.

"선천적인 염색체 이상으로 인해 지능이나 운동 능력의 발달이 늦고, 특유의 얼굴 생김새가 되는 질환입니다."

"어째서… 왜 료타가 다운증후군이 됐나요?"

"확실한 원인은 알 수 없습니다. 염색체의 이상은 우연히 일어난다고 알려져 있습니다."

"어떻게 하면 고칠 수 있나요?"

"…고칠 수 있는 병이 아닙니다."

믿을 수가 없어서 몇 번이고 같은 질문을 했던 것 같습니다.

그날은 그것으로, 끝이었습니다.

아드님은 다운증후군입니다…

창문 너머로 신생아실에서 자고 있는 료타를 바라다보며, 나는 의사에게 들은 말이 믿기지 않아 부정하듯 중얼거렸습니다.

"무슨 착오가 있었을 거야, 그래… 우리 료타가 그럴 리 없어."

결국 착오 따위가 아니란 사실을 알게 되자, 이번에는 '옆의 아기랑 바뀐 게 아닐까…' 싶은 생각에 빠져 엉뚱한 상상을 하느라 밤에 잠도 이루지 못하였습니다. 아주 잠깐이라도 혼자인 것이 무서워 늘 울기만 했습니다.

다른 병동과 달리 산부인과의 병동에서는 웃음꽃이 피어나기 마련입니다. 주변을 둘러보아도 다른 엄마들은 아이를 보러 온 사람들의 축복 속에서 모두 행복한 듯 환하게 웃고 있었지요.

나 혼자만 다른 겁니다. 모유도 더 이상 나오지 않았습니다.

뜬금없이 병실에 목사님이 찾아오셨습니다.

"이것도 하나님의 사랑입니다. 어려운 일이 생기면 언제든 말씀해 주세요."

저는 뭐라 답할 기력도 없이 그저 멍하게 바닥만 쳐다보았습니다.

일반 산모는 보통 출산 후 일주일 정도 입원을 하지만, 저는 나흘 만에 퇴원하겠다고 고집을 피웠습니다. 더 이상 그 병원에 있을 수 없었어요. 아니, 있고 싶지 않았습니다. 어쩔 수 없이 다른 엄마들과 비교가 되는, 그런 장소에서 한시라도 빨리 도망치고

우리 료타가 그럴 리가 없어요…

싶었던 겁니다.

집으로 돌아오자 이번에는 보건사(보건 지도 등 지역 간호를 하는 사람)가 찾아왔습니다.

"기시다 씨, 있잖아요, 이렇게 장애가 있는 아이들은 자기를 잘 키워줄 엄마를 찾아 태어난다고 해요."

"…"

"신께서는 이겨낼 수 있는 고통만 주신다고 하잖아요."

보건사가 건네는 위로의 말도 더 이상 듣고 싶지 않았습니다. 저는 아직 료타의 장애를 받아들일 수 없었으니까요.

이제부터 어떻게 되는 건지, 어떻게 해야 좋은지 하나도 모르 겠는데, 주위 사람들은 내 불안 따위는 안중에도 없고 그저 위로 만 하려고 듭니다.

힘내라고 채찍질하는 것 같아서, 불쌍한 사람이라고 현실을 들 이대는 것 같아서 나는 점점 사람을 기피하게 되었고, 어떤 말을 들어도 책망하는 소리 같아서 몹시 우울해졌습니다.

당신이 기르지 않아도 돼

료타의 염색체 검사 결과가 나온 것은 퇴원하고 한 달이 지난 뒤였습니다.

'어쩌면 잘못 안 건지도 몰라.'

실낱같은 희망도 허무하게 료타는 틀림없는 다운증후군이라는 진단을 받았습니다.

먼저 남편의 본가에 설명하러 갔습니다.

료타에게 장애가 있다는 것을 듣고 당황한 시어머니의 첫마디는 "어째서?"였습니다. 남편은 나를 커버하듯 다운증후군은 유전이 아니라며 열심히 설명하였지만, 도저히 납득할 수 없는 눈치였습니다.

마침내 시어머니가 내 손을 잡으며 말씀하셨습니다.

"모두 함께 최선을 다해 키우면 그래도 보통 아이 같아질 수도 있지 않겠니? 우리 같이 노력해 보자."

시어머니의 마음을 생각해 아무 말도 하지 못했지만, 저는 속으로 아마도 그런 일은 없을 거라고 단념하고 있었습니다. 그도 그럴 것이 료타의 다운증후군은 고칠 수 있는 병이 아니기 때문입니다.

그 즈음 저는 료타가 다운증후군인 것은 다 내 탓이라는 생각에 빠져 괴로워하고 있었습니다. 분명 내가 무언가 잘못했기 때문이라며 자신을 들볶았고, 어떤 상황에서든 최선을 다해야 한다고 자신을 채찍질했습니다. 나는 료타의 엄마니까 괴롭다고 약한 소리를 토해내도 안 되고, 속마음이 겉으로 훤히 드러나서도 안 된다고 다그쳤습니다.

그런 생각에 빠져 허우적대던 내게 하나의 계기가 되는 사건이 생겼습니다. 친한 친구가 아이를 낳은 것입니다. 분명 축하해야 할 일인데, 솔직히 기쁨보다는 슬픔이 앞섰습니다. 그 아이는 건강하고 주변에게 축복을 받는, 분명히 료타와는 다른 아이였기 때문입니다.

'료타랑 나는 이제 어떻게 되는 거지?'

료타를 안으며 문득 스스로에게 물어보았습니다.

그때는 두려움이 앞서 장애에 대해서는 찾아보지도 않고 있던 터라, 변변찮은 지식과 하찮은 경험으로 그저 막연히 우리의 앞날을 상상하는 수밖에 없었습니다.

평생 말하지도, 걷지도 못하는 료타.

그런 료타를 쭉 간호해야 하는 나.

앞으로 펼쳐질 미래에 어떤 희망도 가질 수 없었습니다. 공포, 불안, 한심함, 미안함 같은 복잡한 감정들이 가득 차올라 넘쳐흘렀습니다.

일을 마치고 돌아온 남편에게 속마음을 드러내며 하소연하였지요.

힘들어 죽겠어.

이제 어쩌면 좋지? 어떻게 해야 좋을지 모르겠어.

키울 자신이 없어.

왜 료타에게 장애가 생긴 걸까?

왜 료타를 정상적인 아이로 낳아주지 못했을까?

왜, 어째서!

남편에게 두서없는 하소연을 반복하던 어느 날, 하루는 울음이 터져 나오고 말았습니다.

"이대로 료타랑 둘이서 없어져버리고 싶어요."

지금까지 아무 말도 하지 않았던 남편이 입을 열었습니다.

"그렇게 힘들면 키우지 않아도 돼. 시설에 맡기는 방법도 있으니까. 꼭 엄마가 키워야 한다는 법도 없잖아."

그것은 상상도 하지 못한 한마디였습니다.

나는 당신이 더 소중해…

당신 자신을 잃으면서까지

아이를 책임질 필요는 없어.

"내게는 누구보다 당신이 소중해. 아무리 노력한다고 해도 당신이 살아갈 자신을 잃을 정도로 괴롭다면, 당신을 잃으면서까지 책임지려고 할 필요는 없어."

남편은 내 눈을 똑바로 바라보며 한마디씩 힘을 주어 말했습니다.

아이를 좋아하는 남편이 어떤 생각으로 그런 말을 입에 올렸는지 상상하기는 어렵지 않았습니다. 그래서였을까요? 그의 말을 듣는 순간, 나는 내 노력을, 료타의 현실을 받아들여야 하지만 그럴 수 없는 괴로움을 제대로 인정해 주는 사람이 있다는 사실로 충분히 구원을 받았습니다.

"…아니, 료타는 내가 키울 거예요."

마치 그 외의 다른 선택지는 없는 것처럼 내 입에서 무의식인 결의가 튀어나왔습니다. 물론 하루아침에 '긍정적이 되었다'든가 '이겨낼 거라고 믿게 되었다'고 변한 것은 아닙니다. 굳이 말하자면 '단념하지 않겠다'에 가까웠지 싶습니다.

슬프고 괴로울 때 남편은 '힘내야지'라든가 '책임감을 가져야지'라고 하지 않고, 그저 나를 믿고 나와 함께해 주었습니다. 절대적인 '내 편'인 남편과 함께라면 이겨낼 수 있을 거라는 생각이 들자 마음이 편안해져 본능적으로 내가 키우겠다는 말이 튀어나왔는지도 모릅니다.

료타를 키우면서 가장 버팀목이 되어준 것은 남편이었습니다.

비교는 싫어

그날 이후 우리는 조금씩 료타의 미래를 생각하기 시작했습니다.

당시는 요즘처럼 '요육(療育 장애아를 치료하면서 교육하는 일)'이라는 단어에 대한 인식이 아직 없었고, 주변에 다운증후군 아이도 없었습니다.

저와 남편이 맨 처음 시작한 일은 일단 '찾아보기'였습니다. 퇴원할 때 받았지만 현실이 두려워 덮어두고만 있었던 다운증후군에 관한 책도 읽기 시작했습니다.

시청과 구청에 전화를 해서 전문기관이 없는지 닥치는 대로 물어보다가 고베시종합아동센터에서 다운증후군의 요육, 즉 발음 훈련과 손끝을 이용한 운동 훈련을 해준다는 사실을 알게 되었습니다.

"저, 여기에 우리 아이를 맡기고 싶은데요…"

전화 상담도 없이 바로 방문하여 불안한 마음으로 말을 꺼냈지만, 센터 선생님은 활짝 웃으며 말했습니다.

"알겠습니다. 매주 금요일 열 시까지 오시면 됩니다."

의외다 싶을 정도로 단박에 받아들여지자 마음이 푹 놓였습니다.

남편과 함께 료타를 데리고 셋이서 처음 요육 교실을 방문했을 때의 일입니다.

교실에는 서너 살 정도의 다운증후군 아이들이 있었는데, 솔직히 말하면, 정말 쇼크였습니다.

'요육을 받으면 료타의 장애가 조금은 가벼워지지 않을까?'

제 마음 한구석에는 그런 생각이 있었나 봅니다. 치유될 수 없다는 얘기는 들었어도 혹시나 하는 기대가 있었던 겁니다.

그러나 그곳에 있는 아이들은 겉모습보다 훨씬 어리게 행동했습니다. 분명하게 말을 하는 아이는 한 명도 없었습니다.

'이게 현실이구나…'

엉겁결에 마주한 현실은 생각보다 암담하여 그저 눈을 돌리고 싶은 심정이었습니다. 하지만 료타를 생각하면 끙끙대며 고민할 시간이 없었습니다. 료타는 최선을 대해 매일을 살고 있었으니까요. 배가 고프면 울고, 잘 자고, 잘 웃어주기도 하며 하루를 충실히 살고 있었으니까요.

금요일마다 요육 교실에 다니던 어느 날, 시설의 직원분이 말을 건넸습니다.

"료타와 같은 반 아이들의 엄마 모임이 있는데, 괜찮으시다면 한번 가보시겠어요?"

그때 처음으로 같은 처지의 엄마들과 교류를 할 수 있게 되었습니다.

다운증후군에 대한 정보 교환을 할 수 있으니 다행이다 싶었지만, 마음 한편에서는 뭔가 개운치 않은 감정이 자라고 있었습니다.

"우리 애는 이제 이런 단어도 말할 수 있게 되었답니다."

"그런 거쯤 우리 애는 벌써 말하는 걸요."

"누가 제일 먼저 할 수 있게 되려나?"

아이의 성장을 기뻐하는 것은 부모로서 당연한 일이고, 그 어머니들도 기쁨에 넘쳐 서로 경쟁적으로 말하는 것이었을 테지요.

하지만 나는 '누가 제일 먼저 할까?', '다른 아이들만큼 못하면 어쩌지?' 같은 생각은 하지 않기로 했습니다. 료타를 누군가와 비교하는 일은 자연스럽게 피했어요. 어쩌면 산부인과에서 다른 아기들과 비교하며 괴로워했던 기억이 되살아나, 절로 거부반응을 보였던 것인지도 모릅니다.

함께 따낸 1등

료타의 성장은 그야말로 조용히, 그리고 아주 천천히 진행되었습니다.

'저긴장증(低緊張症)'이라는 다운증후군의 특징 때문에 목을 가누기까지 8개월이 걸렸고, 완전히 홀로 걸을 수 있게 된 것은 세 돌이 지나서부터였습니다.

어떻게든 수학이나 글씨를 이해시키려고 노력해 보았지만, 내가 마음먹고 가르치려고 하면 료타의 표정은 어두워지기만 했습니다. 하지만 누나나 친구들과 함께 놀 때는 정말 즐거워 보였지요.

우리는 고베 시내의 아파트 단지에 살아서 단지 내 아이들이 집에 놀러 오곤 했는데, 료타와 소꿉놀이나 블록 쌓기를 하며 함께 놀았습니다. 료타는 말도 못하고 글자도 읽지 못했지만, 보이는 대로 흉내 내어 줄을 선다든지 장난감을 정리하는 등 나름의 룰을 익혀서 함께 어울리게 된 것입니다.

그 모습을 보면서 '모두와 함께 있으면 좋을 텐데' 싶은 바람이 강해졌습니다.

장애아들이 모여 있는 특수학교에 보내면 료타를 잘 보살펴줄 테고, 다른 일반 아이들과 비교하는 일도 없어지겠지요. 하지만 일반 학교를 다니면, 좋아하는 누나나 친구들과 함께 지낼 수 있습니다. 군이 일반 학교에 보내어 얻게 될 수고스러움을 저는 료타와 함께 도전해 보고 싶었어요.

생각은 그렇게 했어도 마음 한편에서는 무리겠지 싶어 단념하려고 했는데, 찾아보니 장애아를 받아주는 어린이집이 있었습니다. 고베 시 북구에 있는 메이쇼 어린이집이었습니다.

반신반의로 료타의 손을 잡고 어린이집을 방문했을 때는, 구로카와 원장님께서 마중까지 나와 주셨습니다. 구로카와 원장님은 절의 주지스님이기도 합니다.

어린이집에 도착하자마자 바로 소리 지르며 뛰어다니는 료타를 보며 간이 콩알만 해졌지만, 구로카와 원장님은 일말의 주저도 없이 료타를 맡겠다고 말씀해 주셨습니다.

어린이집에 등원한 첫날.

선생님들은 료타에게 맘껏 진흙장난을 치도록 해주었습니다.

아‥

료타는 걱정하지 마십시오…

물론 다른 일반 아이들도 함께였지요. 놀다 지쳐 파김치가 된 료타는 집에 오자마자 쓰러져 잠이 들었어요.

잠든 얼굴을 보면서 '여기라면 우리 료타가 매일 실컷 놀면서 모두와 함께 지내는 법을 배울 수 있을 거야.'라는 기대에 마음이 한껏 부풀어 올랐습니다.

료타는 일곱 살이 될 때까지 어린이집에 다녔습니다.

어린이집에 학부모견학을 갔던 날이 떠오릅니다. 그곳에서는 그전에는 상상도 할 수 없는 광경이 펼쳐져 있었습니다. 신이 난 표정으로 맘껏 놀고 있는 료타의 모습이 눈에 들어왔을 때는 기쁨으로 온몸이 떨릴 정도였지요.

"료~타~ 노올자~~!"

"노오~~자~!"

놀이도 식사도 모두와 함께였습니다. 아이들에게 료타는 함께인 것이 당연했습니다. 비록 료타가 다운증후군이라도 말이죠.

처음에는 아이들이 "료타는 왜 우리랑 달라요?" 하고 물을까 봐 노심초사했지만, 졸업할 때까지 그런 질문을 받아본 적은 없습니다. 아이들은 료타와 함께 생활하면서 정확히는 몰라도 장애에 대해 이해하는 것 같았습니다.

어느 순간부터는 내가 알아듣지 못하는 료타의 말을 아이들이 통역해 주기까지 했습니다. 료타에게 일어난 즐거운 일을 내게 보고하는 것이 어느새 아이들의 일과가 되어 있었지요.

운동회 준비 때문에 벌어진 일은 특히 인상 깊게 남아 있습니다.

어린이집에서 가장 나이가 많은 일곱 살 정도 되면 운동회에서 하는 경기도 볼만해집니다. 특히 릴레이는 운동회의 피날레를 장식하는 하이라이트죠. 모두가 우승을 목표로 열심히 준비하고 도전한답니다.

저긴장증이 있는 료타는 빨리 달리는 것이 불가능합니다. 료타가 들어간 팀이 질 거라는 건 너무도 뻔한 일이었어요. 하지만 모두가 열심히 연습하는 모습을 보자 자기도 릴레이에 나가고 싶었는지, 료타가 다른 친구들과 섞여 달리는 흉내를 내기 시작했습니다.

담임선생님이 당황하여 어쩔 줄 몰라 하는 모습에 '이건 어쩔수 없으니까 료타에게 하지 못하게 해야겠다' 싶어 내가 말을 걸려고 할 때였습니다.

"선생님, 깃시가 릴레이 나가고 싶은가 봐요. 우리 팀에 넣어주세요."

운동신경도 좋고 인기도 많은 '후지하라'라는 남자아이였어요. 깃시는 료타의 별명입니다.

"깃시가 늦으면 그만큼 우리가 빨리 달리면 돼요. 모두 같이 연습하자. 우리 함께 릴레이 나가서 1등 하자!"

후지하라 군의 한마디에 주위의 아이들도 찬성해 주었어요.

다음날부터 아이들끼리의 연습이 시작되었습니다. 쉬는 시간마다 릴레이의 바통 패스 연습을 하느라 야단들이었다고 하더군요.

운동회 당일.

연습한 보람이 있었는지, 스무드한 바통 패스와 후지하라 군의 맹렬한 추격으로 료타 팀이 1등이 되었을 때, 터질 듯한 함성 속에서 저는 흐르는 눈물을 멈추지 못했습니다.

특별 취급이 아니라 평범하게 같이 놀고 때로는 싸움도 하며, 료타와 친구가 되어준 어린이집 아이들에게는 그 어떤 말로도 고마움을 다 표현할 수 없을 겁니다.

우리반이 1등이라니…

우리 모두가 해낸 거야!

장하다, 료타! 고맙다, 친구들아!

료타가 사랑받는 세 가지 약속

료타를 데리러 간 어느 날, 문득 '이제 졸업을 하면 어쩌지?'
하는 생각이 들었습니다.

어린이집에서 이렇게 멋진 친구들이 생겼으니, 가능하면 모두
와 같은 초등학교에 보내고 싶은 마음이 간절했습니다. 하지만
초등학교에는 다른 유치원이나 어린이집에서 온 아이들도 있습니
다. 어쩌면 그 아이들은 장애가 있는 료타를 친구로 받아들이지
않을지도 모릅니다.

실제로 도중에 우리 어린이집에 편입해 온 아이가 "깃시는 왜
말을 못해?" 하고 이상한 듯 물어본 적이 있습니다. 물론 나쁜 뜻
은 없겠지만, 아이는 솔직한 법이니까요.

이대로 초등학교에 진학하면 료타는 고립될 수도 있겠다 싶어
마음이 싱숭생숭해졌습니다. 어린이집에서 신나게 지내는 료타를

보면서 저는 고민에 빠졌습니다.

일단 료타가 모두와 잘 지내기 위해서는 무엇이 필요할까를 생각했지요. 그래서 생각해 낸 것이 료타에게 최소한의 세 가지를 철저하게 가르치는 일이었습니다.

첫 번째는 '안녕' 같은 인사를 잘할 것.

인사는 모든 커뮤니케이션의 시작입니다. 인사를 받아서 기분 나빠지는 사람은 없으니까요. 료타는 유창하게 말하지는 못하지만, 인사 정도는 분명 할 수 있을 거라고 믿었습니다. 모두에게 인정받고 사랑받기 위한, 빼놓을 수 없는 첫걸음이었죠.

두 번째는 집단생활의 룰은 반드시 지킬 것.

예를 들면, 완구를 사용하는 순서 지키기, 정리하기, 기다리기 등의 간단한 룰입니다. 처음에는 료타가 룰을 이해하지 못하니까 주위의 아이들이 "깃시는 모르니까 지키지 않아도 돼!"라며 양보를 해주었지만, 오히려 제가 료타를 특별 취급하지 말라고 부탁했습니다.

무언가 도움을 받으면 '고마워', 나쁜 일을 했다면 '미안해'를 말하도록 료타에게 몇 번이고 연습시켰습니다.

"깃시, 급식을 먹을 때는 여기에 서는 거야."

"고마워."

"깃시, 물을 계속 틀어놓으면 안 돼."

"미안해."

단지 두 마디였지만 료타가 친구들에게 대답을 할 수 있게 되자, 언제부터인지 아이들도 료타에게 가르쳐주게 되었습니다.

세 번째는 항상 자신의 몸을 청결히 할 것.

구체적으로는 손을 닦는 법, 손수건을 사용하는 법, 옷의 단추를 잠그는 법 등입니다. 보기에 지저분하면 아이들도 말을 걸기가 껄끄러울 게 뻔합니다. 가능한 범위에서 몸을 청결히 하는 습관이 밸 때까지 반복해서 료타와 함께 연습했습니다.

단지 이 세 가지뿐이지만, 료타가 전부 익히는 데는 긴 시간이 걸렸습니다.

료타는 너무 엄하게 꾸짖으며 화를 내면 패닉 상태가 되므로, 저는 일단 무조건 '칭찬'하는 방법을 씁니다.

"지금 고맙다고 했지? 훌륭한데?"

"순서를 잘 지키다니, 료타 진짜 멋지다." 하는 식이죠.

사실 료타의 발음은 모호해서 거의 모음만 발음하는 것처럼 들리기 때문에 엄마인 나도 알아듣지 못하는 경우가 많습니다. '고마워' 같은 경우 실제로는 '오마어' 정도로 들렸지만, 그나마 발음할 수 있게 되었을 때 료타는 정말로 기뻐했습니다.

칭찬받는 것이 좋아서였는지, 료타는 나름대로 엄마 말을 따르고자 열심히 노력했어요. 덕분에 비록 글자도 못 읽고 계산도 못했지만, 어린이집부터 중학교를 졸업할 때까지 료타는 모두와 사이좋게 지내며 사랑을 받을 수 있었답니다.

힘은 들겠지만 료타만 행복하다면

일반 학교로 보내야겠어…

료타는 아픈 거야?

고민 끝에 료타를 지역의 초등학교에 입학시켰습니다. 어린이집의 친구들과 함께 말입니다.

장애가 있는 아이들이 모이는 특별지원반이기는 했지만, 통상적인 수업과 쉬는 시간 같은 때는 가능한 일반 교실에서 지낼 수 있도록 학교에서도 배려해 주었습니다.

입학한 지 얼마 안 되어 료타는 모두의 주목을 받았습니다. 물론 결코 좋은 의미만은 아니었지요. 다른 유치원이나 어린이집에서 온 아이들은 이상한 듯, 무언가 두려운 눈초리로 료타를 보고 있었으니까요. 저와 료타는 단번에 소외감을 느꼈습니다.

'이대로라면 료타가 힘들어질 수도 있어…'

불안해진 나는 내가 먼저 아이들에게 인기를 얻어야겠다 싶었어요. 매일 아침 등교할 때 료타와 함께 가서 대화를 거듭하는 동안, 아이들은 "깃시 아줌마, 있잖아요~" 하며 내 주변에 모여들어 이야기를 해주게 되었습니다.

그렇게 서서히 아이들은 료타에게도 관심을 갖게 되었지요. 료타가 무엇을 할 수 있고 무엇을 할 수 없는지, 조금씩 천천히 알수 있게 되었어요.

한편 5학년이 된 나미는 료타의 장애를 이해하기 시작했습니다.

당시 선생님 중 한 분이 나미의 반에서 이렇게 말했대요.

"나미는 언제나 장애가 있는 료타를 돌보느라 고생하고 있어요. 학교에 있을 때만이라도 나미를 돕는다는 마음으로 모두들 료타를 보살펴줍시다."

선생님께 나쁜 뜻이 없었다는 것은 압니다. 오히려 나미를 도와주고 싶은 마음에 말씀하신 것이겠지요. 하지만 이전에도 이후에도 그때만큼 나미가 료타의 일로 오열하며 맹렬하게 화를 낸적은 없습니다.

"료타 누나라서 고생 같은 거 한 적 없어. 불쌍하다는 소리 듣는 거 싫어!"

나미는 분해서 어쩔 줄 몰랐습니다.

나미에게는 다운증후군이 어떤 것인지 제대로 알려주지 못했습니다. 언제 이야기해야 할까 망설이다 시간이 흘러버렸거든요.

"료타는 아픈 거야? 정말 불쌍한 거야?"

저는 나미의 질문에 답하는 대신 그림책 한 권을 건넸습니다.

스웨덴에서 출판되어 세계 각국어로 번역된 『우리들의 토비아스』는, 다운증후군의 동생을 소개하기 위해 형제자매들이 만든 그림책입니다.

그림책을 다 읽은 나미는 눈가에 눈물을 훔치며 말했습니다.

"엄마, 료타는 아픈 것도 아니고, 불쌍한 것도 아니었어. 다른 사람들과 조금 다를 뿐 모두 함께 살 수 있는 거야. 료타는 료타니까."

다음날 나미는 그림책을 학교에 가지고 가서 담임선생님 앞에서 읽었다고 하더군요. 나미가 너무도 열심히 읽는 바람에 다른 반의 선생님들도 그림책을 돌려보기까지 했을 정도였지요.

다음해 6학년이 된 나미는 새로 입학한 아이들 앞에서 자기가 먼저 료타를 소개해 주었습니다. 모두와 함께 생활하기 위해 나미가 선택한 일이었어요.

싫어 싫어!!!

선생님들이, 친구들이 나를 불쌍한 아이로 보는 거 싫어!!!

눈물의 졸업식

　선생님과 친구들, 그리고 나미를 비롯한 모두의 도움으로 정말 감사하게도 료타는 초등학교에서도 즐거운 나날을 보낼 수 있었습니다.

　료타가 초등학교를 졸업하던 날의 일입니다.

　한 무리의 엄마들이 다가와 제게 말을 건넸습니다.

　"깃시 엄마시죠?"

　"네, 그동안 료타 때문에 정말 폐가 많았습니다."

　"아니에요, 오히려 저희가 감사드리고 싶은 걸요."

　굳은 얼굴로 무슨 일인가 싶어 난감한 표정을 짓자, 엄마들은 미소를 지으며 말을 이었습니다.

　"우리 애는 집에서도 늘 료타 이야기를 해준답니다. 어떻게 하면 료타랑 함께 놀 수 있을까, 해주고 싶은 말은 어떻게 전해야 할까 생각하더라고요."

"동생들을 돌보는 모습을 보고 놀랐어요. 할 수 있는 건 동생들이 스스로 하게끔 맡기고, 할 수 없는 것만 슬쩍 도와주더라니까요."

"료타 덕분에 배려할 줄 아는 아이로 자랐어요. 장애가 있는 친구와 친하게 지낸 건 무엇으로도 바꿀 수 없는 소중한 시간이 되었을 거예요."

엄마들의 입에서 료타에게 고마움을 전하는 말을 듣고 나는 벌어진 입을 다물지 못했습니다.

순간 내 뇌리를 스친 것은 초등학교 시절의 기억이었습니다. 함께 놀곤 했던 노부코라는 여자친구가 생각난 것입니다.

노부코는 지적장애가 있어서 료타와 마찬가지로 공부도 하지 못했고, 발음도 명확하지 않았어요. 하지만 당시 장애에 대해 잘 몰랐던 저는, 노부코가 같이 놀자고 하는 게 단순히 기뻤던 것 같아요. 노부코가 있었던 특별지원반에는 트램펄린 같은 놀이기구들이 있었거든요.

초등학교 졸업식 날, 노부코의 어머니가 눈물을 흘리시며 제게 "노부코랑 같이 놀아줘서 정말 고맙구나. 히로미가 친구가 되어주어서 정말 다행이야." 그러시더군요.

당시에는 '친구가 되어주어 고맙다'는 말이 이상하게 들렸는데, 노부코의 어머니가 흘린 눈물의 의미를 그제야 알 것 같았어요.

"저야말로 아이들이 료타와 함께 어울려주어 얼마나 고마운지 모릅니다. 많이들 도와주고 함께 놀아주어서 료타는 정말 행복했 답니다."

저는 흐르는 눈물을 감추지 못하고 엄마들에게 머리를 숙였습 니다.

저는 이제 더 이상 다른 아이들과 료타를 비교하며 슬퍼하지 않습니다.

료타의 육아생활은 파란만장했지만, 뒤돌아보면 저 또한 료타 에게 키워지고 있었던 것 같아요. 그렇게도 남들과 다른 것을 두 려워했던 제게 '남들과 다르면 좀 어때? 공부를 못해도, 말을 좀 못해도, 모두와 함께 웃으면서 살아갈 수 있어!'라고 가르쳐준 것 이 바로 료타였으니까요.

모두 고마워요!!!

료타야 고마워…

03
....

남편과의 이별, 전하지 못한 말

꿈에 그리던 도쿄 진출

료타의 웃는 얼굴에 힘을 얻으며 우리 가족은 행복한 생활을 이어갔습니다. 남편이 창업한 건축설계 일도 괘도에 올라 사원도 다섯 명으로 늘어났고, 모든 것이 순조로웠습니다.

그러나 그 행복은 오래가지 않았습니다.

2005년 6월, 남편이 심근경색으로 세상을 떠났기 때문입니다. 서른아홉이라는 젊은 나이였지요.

"도쿄에 지점을 내기로 했어. 나도 당분간은 도쿄에서 살아야 할 것 같아."

세상을 떠나기 2년 전, 남편이 말했습니다. 갑자기 혼자 떨어져 살아야 한다니 걱정이 되었지만, 경영도 순조롭고 즐거워 보이는 남편을 보고 있자니 응원해 주고 싶은 마음이 먼저 들었습니다.

벤처기업이라 남편의 일은 고되기 그지없었어요. 혼자 떨어져

생활하는 동안 식생활은 엉망이었고, 익숙하지 않은 땅에서의 스트레스도 이만저만이 아니었던 모양입니다.

한 달에 한 번, 남편은 고베의 집으로 돌아왔습니다.

화제는 도쿄에서의 일에 대한 것뿐이었지만, 남편은 리노베이션한 아파트 사진을 나미와 료타에게 보여주면서 항상 아이들과 신나게 떠들었어요.

요즘에야 텔레비전 프로그램 등에서 자주 소개되고 있지만, 당시만 해도 아직 흔하지 않았던 오래된 아파트의 리노베이션에 남편은 남보다 빨리 손을 뻗었던 것입니다.

밖에서 보면 일반 아파트 같은데, 막상 문을 열면 거기에는 별천지와 같은 모습이 펼쳐집니다. 예를 들면 〈『톰 소여의 모험』의 작가가 다음 이야기를 만들기 위하여 방문한 여름 가옥〉, 〈뉴욕의 휴일 아침, 늘어지게 늦잠 자고 싶은 집〉 등 재미있는 콘셉트를 남편은 계속해서 상상하고는 형태로 만들어냈습니다. 손님들에게도 평판이 좋아서 바로 완판되곤 했어요. 남편에게 일은 이제 삶의 보람 그 자체가 되어 있었지요.

특히 중학교 2학년이 된 나미는 눈을 빛내며 남편의 이야기에 귀를 기울였습니다.

아빠도, 아빠가 하는 일도 존경하고 있었지요.

"나도 아빠 같은 일 하고 싶다~!"

"그래? 나미는 중학생이니까 이제부터 뭐든 할 수 있지. 하지만 어차피 할 거라면 아직 이 세상에 이름도 없는 일을 해보면 어떨까? 스스로 새로운 일을 만드는 거지."

나미에게 기대가 컸던 만큼 남편이 나미에게 주는 선물은 언제나 조금 색다른 것이었습니다.

나미는 다섯 살에 iMac이라는 애플사의 컴퓨터를 선물 받고, 남편이 고른 마니아 백과사전에 둘러싸여 스웨덴제의 이상한 가구에서 공부를 했습니다. 또래 아이들과 너무나 다른 선물에 나미가 한숨을 쉬던 모습이 떠오릅니다. 지금에 와서는 우스갯소리가 되었지만요.

아무튼 그런 시간들도 잠시, 남편은 서서히 고베에서 지내는 시간이 짧아졌고, 어쩌다 집에 돌아왔을 때도 몸이 좋지 않아 하루 종일 누워 있는 날이 늘어났습니다.

아빠, 정말 미워!

남편이 쓰러진 날은 지금도 뚜렷하게 기억하고 있습니다.

그날 밤, 집에 들어올 시간이 지난 남편에게 전화가 왔습니다.

"좀 걷기가 힘드네, 데리러 와주겠소?"

"괜찮아요? 병원에 갈까요?"

"내일 가나자와 출장이 잡혀 있어서 쉴 수는 없어. 그저 피곤한 것뿐이니까 병원해 안 가도 좀 자면 나을 거야."

남편이 딱 잘라 거절하는 바람에 더 이상 말을 잇지 못한 나는 차로 데리러 가서 집으로 바로 돌아왔습니다.

"아빠, 다녀오셨어요. 나 오늘 아이치 현 갔다가 아빠 선물 사왔어요."

집에서 남편을 맞이한 것은 나미였습니다.

나미는 그날 중학교 교외학습으로 아이치 현의 만국박람회에

다녀왔던 겁니다.

당시 한창 사춘기였던 나미는 남편과 말다툼을 하는 일이 많았습니다. 휴대전화를 너무 많이 쓴다는 둥, 집에서 공부하라는 둥, 언제나 그렇듯 계기는 소소한 것들뿐이었지요.

교외학습이 정말 즐거웠는지, 드물게 나미의 기분이 좋은 것 같았습니다. 남편에게 선물 이야기를 들려주고 싶었나 봅니다.

하지만 남편은 피곤에 지친 얼굴로 나미에게 말했습니다.

"미안, 오늘은 너무 힘드니까 그만 자고 싶구나. 내일 들을게."

남편의 대답을 듣고 나미의 얼굴색이 변했습니다.

"일부러 아빠 선물까지 사왔는데, 이야기하기도 싫다는 거야?"

그렇게 두 사람의 말다툼이 시작되었습니다. 서로 피곤해서 신경이 곤두서 있는 터라 좀처럼 마무리가 되지 않았어요. 결국 마지막에 나미가 남편을 향해 일침을 가했습니다.

"필요 없어! 진짜 짜증나. 아빠 정말 미워!"

뱉어내듯 쏘아붙이고 방문을 꽝 닫으며 나미는 자기 방에 들어가 버렸습니다.

"나미가 진심이 아닌 건 당신도 알지?"

나는 서둘러 변명을 하며 남편 얼굴을 살폈지만, 남편은 "뭐 그럴 때잖아."라며 딱히 놀라거나 화난 표정도 아니었습니다.

설마 그런 혹독한 말이 아빠와의 마지막 대화가 될지 나미가 상상이나 했겠습니까. 그때의 폭언을 나미는 지금까지도 후회하

다 필요없어! 아빠 진짜 미워!!!

고 있답니다.

남편의 상태가 이상해진 것은 그로부터 몇 시간 후인 한 시경의 일이었습니다.

"괴로워서 잠을 못 자겠어. 앰뷸런스 좀 불러줘."

몸도 움직이지 못하고 새파란 얼굴을 한 남편을 보고 나는 서둘러 앰뷸런스를 불렀습니다. 증상을 본 구급대원의 말을 듣고 아마도 심근경색일 거라는 사실을 알게 되었습니다.

집에서 차로 5분 거리의 병원으로 이동할 거란 소리에 남편이 내게 말했습니다.

"나미하고 료타에게는 알리지 마. 걱정 끼치고 싶지 않아."

남편의 얼굴색이 원래대로 조금씩 돌아오고 있었고, 의식도 분명하여 괜찮을 것 같았습니다. 일단 병원에 가서 안정이 되면 나미와 료타를 데리러 오기로 결정한 우리는, 자고 있는 아이들을 깨우지 않은 채 앰뷸런스로 이동했습니다.

"부인, 괜찮습니다. 심근경색은 카테터(도관) 치료를 하면 좋아집니다. 수술은 두 시간 정도 걸릴 겁니다."

병원에 도착하여 진찰을 마친 의사선생님께 '생명에 지장은 없다'는 설명을 듣고, 비로소 안심이 되었습니다.

"어려운 수술도 아니고, 수술하면 낫는대요. 정말 다행이에요."

조금은 평온해진 마음으로 남편에게 말했지만, 내 말은 듣는

여보 미안해…

우리 아이들은 괜찮을 거야…

둥 마는 둥 응급실 침대에 누운 채 골똘히 생각에 잠겨 있던 남편이 입을 열었습니다.

"여보, 나는 이제 죽을 거 같아. 미안해."

"왜 그런 소리를 해요. 선생님도 괜찮다고 하는데."

"나미랑 료타는 괜찮아, 괜찮을 거야."

마치 헛소리를 하듯 남편은 반복해서 같은 말을 중얼거렸습니다. 두 아이는 이후 무슨 일이 있어도 괜찮을 거라고….

의사는 나을 거라는데 남편이 왜 그런 말을 했는지, 지금 생각해도 저는 잘 모르겠습니다. 아마도 남편만이 자신의 운명을 깨닫고 있었나 봅니다.

수술이 시작되고 두 시간이 지나도, 결국 날이 밝아오는데도 남편은 수술실에서 나오지 않았습니다. 불안해진 저는 다른 의사와 간호사에게 몇 번이나 물으러 간지 모릅니다. 그러나 돌아오는 것은 똑같은 답변뿐이었습니다.

"생각보다 증상이 나빠서 수술이 길어지는 모양이에요."

아침이 되어서야 겨우 수술이 끝났습니다.

"아주 위험한 상태입니다. 환자분의 혈관이 약해서 이 이상의 처치가 불가능합니다. 최선을 다했습니다만, 이제 환자분의 의지에 기대는 수밖에 없습니다."

수술을 마친 남편은 이미 의식이 없는 상태였습니다.

남편 옆에서 인공심폐장치가 소리를 내며 움직이고 있었습니다. 자력으로 움직일 수 없는 남편의 심장과 폐를 대신한 것들이었지요.

그때 제가 할 수 있었던 건, 반드시 회복할 거라고 믿는 일뿐이었습니다.

"오늘 당신이 응원하던 야구팀이 이겼어요."

"나미랑 료타는 건강하게 학교 잘 다녀요."

"다음 달이 당신 생일이잖아요. 빨리 건강해져서 우리 함께 파티 해야죠."

대답이 없어도 나는 남편에게 계속 말을 걸었습니다. 의식이 없어도 분명 들릴 거라고 믿었으니까요.

마음으로야 계속 남편 곁을 지키고 싶었지만, 료타를 계속 병원에 둘 수 없어서 저는 집과 병원을 왕복해야 했습니다. 간호사들 사이에 유명해질 정도로 드나들었지요.

"이렇게 하루에 몇 번이고 가족이 찾아오는 환자는 드물어요. 남편분도 분명 기뻐하실 거예요."

남편의 상태는 일진일퇴를 반복했습니다. 인공심폐장치를 뗄 수 있게 되어 회복하는가 싶으면, 어느 순간 오히려 악화되어 다시 장치에 의존할 수밖에 없는 상황이 반복되었지요. 결국 마지막까지 남편은 단 한 번도 의식을 되찾지 못했습니다.

수술하고 2주일 후인 6월 9일 오후 여섯 시. 남편은 조용히 숨을 거두었습니다.

중학교에서 운동복 차림으로 달려온 나미는 울면서 남편에게 매달려 '고마워요'와 '죄송해요'를 반복했습니다.

구급차를 부른 그날 밤, 내가 나미를 깨웠더라면, 남편과 대화할 수 있게 해주었더라면…. 울부짖는 나미를 바라보며 저는 그 어떤 사과의 말도 찾지 못했습니다.

료타는 무슨 일이 있어났는지 전혀 알지 못했습니다. 튜브를 잔뜩 꽂고 누워 있는 남편을 아빠라고 의식하지 못하는 것 같았지요. 료타는 한동안 "아빠, 어디야?" 하고 이상하다는 듯 묻곤 했습니다.

장례식까지 어떻게 마쳤는지는 별로 기억이 나지 않습니다. 그저 상주로서 해야 할 일이 너무 많아서 뛰어다닌 기억밖에 없으니까요.

그래서였을까요? 정말 남편의 부재를 실감한 것은 1주기를 맞이할 즈음이었습니다. 그전까지는 남편이 죽은 게 아니라 일 때문에 도쿄에서 살고 있는 거란 기분마저 들었으니까요.

아빠! 아빠!! 눈 좀 떠 봐요...

내 안에 살아 있는 그

제게는 나미와 료타가 있었습니다. 아이들을 지키기 위해 울고만 있을 수는 없었지요. 마음을 비우고 어쨌든 하루하루를 살아가는 데만 집중했습니다.

남편의 유품을 정리하기 위해 나미와 함께 도쿄에 갔습니다.

아카사카에 있던 남편의 숙소에는 남편이 좋아하는 가구와 책으로 넘쳐났습니다. 나미는 남겨진 남편의 일기를 삼키기라도 할 듯 읽더군요. 홀로 오도카니 서서 주인 잃은 방을 바라보며, 그나마 혼자 있을 때 쓰러지지 않은 것이 다행이라며 스스로를 위로했습니다.

유품 정리도 끝나고, 할 일이 없어짐과 동시에 외로움이 밀려들었습니다.

어느 날 집을 청소하던 때의 일입니다. 청소기를 돌리다 남편과 거실 공사로 옥신각신했던 일이 떠올랐습니다. 원래 다다미에 카펫을 깔았던 거실에 남편이 고집을 피워 마루 공사를 했기 때문입니다.

"그러고 보니 도쿄의 방은 다다미라 청소하기 힘들었지. 료타는 음식물을 잘 흘리는데 마룻바닥이라 다행이야."

남편은 거기까지 생각했던 걸까요? 마룻바닥을 보며 멍하니 그런 생각을 하다 보니, 마루를 깔아주어 고맙다는 말도 하지 않았던 게 떠올랐습니다.

"나미가 젓가락질을 잘 못해서 부부싸움을 한 적이 있었지. 결국 어느 쪽도 사과하지 않고 어영부영 넘어가버렸어."

"내가 건초염에 걸렸을 때 카레라이스 만들어줬었는데…. 만들 줄 아는 게 카레밖에 없어서 일주일 내내 같은 걸 먹느라 고생 좀 했지. 근데 그때 내가 고맙다고 얘기했던가?"

나는 내가 '고마워'라든가 '미안해' 같은 인사를 잘하는 사람이라고 착각했습니다. 제가 료타에게 인사를 잘해야 된다고 가르치는 입장이었으니까요. 하지만 계속 생각나는 건 '그때 내가 그 인사를 했던가?'라는 의문뿐이었습니다.

의외로 내 본마음을 남편에게 제대로 전하지 못했구나 싶은 생각은 괴로운 후회로 변했습니다. 하지만 이제 남편은 없습니다. 더 이상 내 마음을 전할 수가 없습니다.

'정말 미워!' 같은, 속마음과 다른 말을 감정적으로 퍼부어놓고

아빠… 죄송해요…

사랑해요…

사과할 수 없었던 나미는 여전히, 몹시도 자신을 책망하고 있습니다.

살아가다 보면 많든 적든 후회는 있기 마련입니다. 하지만 소중한 마음을 전하지 못해 생겨난 후회는 자신의 힘으로 줄일 수 없습니다.

남편을 잃고 제가 맹세한 것이 한 가지 있습니다.

'고마워'라는 감사의 마음. '미안해'라는 사과의 마음. 이 두 가지만은 절대로 미루지 말고, 느낀 그 자리에서 바로 전하자!

본인과 마주 보면서 직접 전할 수 있는 시간은 결코 무한하지 않습니다. 언제 끝이 찾아올지 알 수 없기 때문입니다.

세상을 떠난 남편이 가르쳐준 소중한 이 사실을 이번에는 나 자신에게 맹세하고, 실행하고, 아이들에게 끊임없이 전하고자 합니다.

그것이 제게 남겨진 사명이며, 남편이 오래전부터 바라던 일이라고 믿으니까요. 그리고 그 마음으로 살아가면 남편은 내 안에서 계속 살아 있을 테니까요.

04

죽고 싶으면 죽어도 돼

치사율 50%의 대동맥해리

　남편이 세상을 떠나고 3년이 지나 저는 마흔이 되었습니다. 생
활을 위해 동네에 새로 개업한 〈전나무 접골원〉에서 일도 시작했
지요. 접수 업무를 하다 보니, 시간이 지나자 진료를 기다리는 환
자들과 사적인 대화까지 나누게 되었습니다. 대부분의 환자들이
연배였던 덕에 딱히 내가 잘 해드리는 것도 없는데 마냥 좋아해
주셨지요.

　몸이 불편해서 생기는 에피소드부터 집안 사정 이야기까지 듣
다 보니, 뭐든 어르신들에게 작은 도움이라도 되고 싶다는 바람
이 강해졌습니다.

　'여자 힘으로도 할 수 있는 정체(整體 지압이나 마시지로 등뼈를 바
르게 펴거나 몸의 컨디션을 좋게 함) 시술을 배우면 어르신들에게 도
움을 줄 수 있을지도 몰라.'

그런 생각이 들자 당장 한 달에 한 번 1박으로 후쿠오카에 가서 자연형체요법(自然形體療法)의 전문가인 다나카 아키노리 선생님에게 정체(整體)를 배우기 시작했습니다. 완전 초짜인 제게 다나카 선생님께서 해주신 말씀은 지금도 생생합니다.

"초조해 말고 열심히 해보세요. 머리로 하는 것이 아니라 마음으로 하는 일이니까요."

원래 동양의학에 관심도 있었던 터라 일은 재미있고 좋았습니다. 다만 수면시간이 부족했어요. 일단은 완벽주의자라고 해야 하나, 가사도 육아도 대충하지 못하는 성격이라 문득 따져 보니 하루 평균 네 시간도 못 자더군요.

저녁에는 세탁과 청소를 끝나고 내일 먹을 도시락을 준비하고 잠자리에 들고, 아침에는 다섯 시 반에 일어나 아침을 만들고 아이들을 보낸 다음 접골원에 일하러 가고, 주말에는 정체 공부에 몰두하고…. 그런 생활이 계속되다 보니 즐거움과 보람으로 마음은 충만했지만, 몸은 점점 피곤에 찌들어 갔습니다.

2008년 1월 5일.

그날은 접골원 식구들과 신년회 모임이 있었습니다.

저녁 다섯 시쯤, 나갈 준비를 하고 있었어요. 머리를 빗으려고 브러시를 들어 올리는 순간, 소리가 들릴 정도의 충격이 가슴에 울렸습니다.

직후에는 고통을 느끼지 못했지만, 스스로도 '이거 안 되겠는 걸' 싶은 생각에 무서워서 몸을 움직이지도 못했습니다. 다행히 집에 아이들이 있어서 최대한 평온함을 가장하며 나미에게 앰뷸런스를 불러달라고 부탁했지요.

나는 통원하던 병원의 응급실로 옮겨져 검사를 받았습니다.

의사선생님께서 진찰을 마치고 신중하게 말을 이었습니다.

"통증의 원인이 확실하지 않습니다. 단지 한 가지 마음에 걸리는 게 있는데… 청진기로 들으면 가슴에는 플랩 소리가 납니다. 혹시 모르니 한 번 더 CT 검사를 해보는 게 좋겠습니다."

CT 검사는 이미 끝났지만, 조형제를 넣고 재검사를 받아보자는 겁니다.

"어떤 병일 가능성이 있는 건가요?"

그때까지도 나는 의식이 명확한 상태여서 의사와의 대화도 가능했습니다.

"음…, 확실하게 말씀드릴 순 없지만 '대동맥해리'일 가능성이 있습니다. 하지만 이 병은 보통 50세 이후의 남성에게 많이 나타나는 병이고, 환자분 같은 경우는 그런 요소도 거의 안 보입니다만…"

내 진찰기록을 살펴보면서 선생님은 다시 한 번 말씀하셨습니다.

"아무래도 확인해 보는 것이 좋을 듯하니, 역시 한 번 더 검사합시다."

갑자기 가슴이 왜 이러지?

나중에 여러 병원의 의사선생님들에게 들어서 알게 되었지만, 그 선생님의 판단이 옳았던 겁니다. 플랩 소리를 놓치지 않은 것이 내 생사를 결정짓는 기점이었던 듯합니다. 검사를 하지 않고 상태를 두고 보자고 했으면 틀림없이 저는 죽었을 겁니다.

재검사 결과를 확인하던 선생님의 안색이 갑자기 어두워졌습니다.

"대동맥해리입니다. 1분 1초가 급합니다. 여기에서는 치료할 수 없으니 큰 병원으로 가셔야 합니다. 제가 섭외해 보겠습니다."

대동맥해리.

그것은 심장의 굵은 혈관이 파열하여 벗겨지는 병입니다. 발병 후의 치사율이 50퍼센트로 높은 편이라 나 또한 위험한 상태였습니다.

"고베대학병원에서 허가가 났습니다. 수술실도 비어 있는 모양입니다."

여기저기 전화를 계속 걸어대던 선생님이 그렇게 말하며 안도의 숨을 내쉰 것도 잠시, 선생님의 얼굴이 다시 험악해졌습니다.

"이송하는 데 앰뷸런스로 40분 정도 걸립니다. 솔직히 말해서 도착하기 전에 사망할 가능성도 매우 높습니다."

"사망…."

"너무 죄송하지만, 앰뷸런스에는 가족 중 한 분만 동승할 수 있

더 큰 병원으로 가셔야 할 것 같습니다…

습니다. 어느 분이 타실지 결정하셔야 합니다."

처음 앰뷸런스를 타려고 했던 건 나미였지만, 구급대원들이 막아섰습니다. 앰뷸런스 안에서 사망할 확률이 높기 때문에 동의서에 사인을 해야 하는데, 미성년자인 나미에게는 그럴 자격이 없기 때문입니다. 걱정으로 눈물짓는 나미를 대신에 연락을 받고 달려온 친정엄마와 함께 앰뷸런스에 올랐습니다.

나는 가슴에 격렬한 통증을 완화시키느라 모르핀을 맞았기 때문에 앰뷸런스 안에서는 의식이 몽롱해서 시간 감각도 없었습니다. 덜컹덜컹 흔들리는 차에 꽤 오래 타고 있었던 느낌이 듭니다. 정신을 차려 보니 고베대학병원에 도착해 있었습니다.

응급실 선생님이 심장의 플랩 소리를 놓치지 않고 재검사를 해준 일, 그리고 앰뷸런스 안에서 사망하지 않고 대학병원에 무사히 도착한 일이 제게 일어난 첫 번째 기적이었습니다.

수술 준비를 하는 사이, 저는 그만 의식을 잃고 말았습니다.

지금부터는 수술 후에 나미에게 전해들은 이야기입니다.

내가 의식을 잃은 사이 나미는 할머니와 함께 별실에서 의사선생님에게 설명을 들었다고 합니다.

"환자분의 상태가 심각합니다. 살리기 위해서는 심장의 혈관을 완전히 인공혈관으로 바꾸는 대수술이 필요합니다. 수술을 한다고 해도 생명을 건질 수 있는 확률은 20퍼센트가 될까 말까 합니다. … 수술에 동의해 주시겠습니까?"

우리 엄마 살려주세요!!! 선생님!!!

당시 고등학교 2학년이었던 나미가 이런 선택을 강요받았다는 걸 생각하면 지금도 마음이 아픕니다.

"수술해 주세요. 엄마를 살려주세요. 부탁드립니다."

담당 선생님께 머리를 숙이며 부탁을 하던 나미는 정신적으로 한계가 왔는지, 그 자리에서 토하고 쓰러져버렸다고 합니다. 마지막 인사도 제대로 못하고 아빠를 여읜 후회로 계속 괴로워했는데, 이제 엄마의 생사를 위해 결단을 내려야만 했으니 나미가 얼마나 부담스러웠을까요.

수술을 담당해 주신 선생님은 심장혈관외과 영역의 유명한 의사였습니다. 선생님이 때마침 그날 밤 병원에 계셨다는 것이 저의 두 번째 기적이었습니다. 그 선생님이 아니었다면 집도가 어려운 수술이었다고 합니다.

수술은 일곱 시간이 넘게 걸렸고, 다행히도 성공하였습니다.

그러나 눈을 떴을 때, 나는 살았다는 기쁨보다 묘한 이질감을 먼저 느꼈습니다. 가슴 아래쪽의 하반신을 전혀 움직일 수 없었기 때문입니다. 움직일 수 없는 정도가 아니라, 아예 감각이 없었습니다.

"왜 제 다리가 움직이지 않나요?"

침대에 누운 채 쉰 목소리를 짜내어 선생님께 물었습니다.

선생님은 내가 쓰고 있던 산소마스크를 벗기며 조금 망설이는 듯한 시선을 허공에 뿌렸습니다.

"기적적으로 생명은 건지셨습니다. 하지만… 가슴 밑으로 마비가 남았습니다. 유감스럽지만, 더 이상 환자분의 다리로 걸으실 수는 없게 되었습니다."

목숨을 살리는 것을 최우선으로 하기 때문에 수술 중에는 뇌가 있는 상반신에 혈류를 집중시킨다고 합니다. 그 결과, 내 경우에는 척수에 모여 있던 신경이 전부 괴사된 것이지요.

선생님에게 설명을 들으며 맨 먼저 든 감정은 '병실 밖에 있는 가족에게 이 현실을 어떻게 설명해야 하나' 싶은 암담함이었습니다.

더 이상 내 발로 걸을 수 없다니

초조함을 감추지 못한 채 나는 직접 나미에게 내 상태를 전했습니다. 지금도 그날의 기억이 생생합니다. 나미가 대답할 때까지 시간이 너무도 천천히 흘러가는 느낌이었으니까요.

나미는 언제나처럼 "괜찮아, 괜찮아."라며 밝게 웃었습니다. 엄마가 살아 있는 것만으로도 충분하다고. 하지만 괜찮지 않을 거란 사실은 누구보다 내가 제일 잘 알고 있었지요.

수술실에서 나와 일주일이 지났건만, 나는 침대 위에서 몸을 일으키기는커녕 뒤척이지도 못했습니다.

좋아하는 장소에도 자유롭게 갈 수 없고, 좋아하는 옷도 입을 수 없고… 마치 전부를 잃어서 사람이 아니라 사물이 된 듯한 기분이었습니다. 게다가 이제 겨우 고등학생인 나미와 장애가 있는 료타의 미래를 생각하면, 그저 한없이 깊은 어둠 속으로 가라앉는 것만 같았습니다.

수술을 하고 2개월간은 심장 상태의 회복을 지켜보느라 대학 병원에서 지냈지만, 심장 상태가 안정되자, 재활을 위해 나가타구에 있는 스키하라미사키 병원으로 옮겼습니다. 그렇다고 침대에 누워만 있는 내 생활이 바뀐 것은 아닙니다.

밥 먹는 것부터 옷 갈아입는 것까지, 혼자 힘으로 할 수 있는 일은 아무것도 없었습니다. 일단 휠체어든 뭐든 좋으니 혼자서 움직일 수만 있었으면 좋겠다는 것이 눈앞의 소원이었습니다.

그러나 기다리고 있는 것은 냉엄한 현실이었습니다.

"자. 기시다 씨, 우선은 기계를 이용해서 몸을 일으키는 훈련을 합시다."

재활치료사는 그렇게 말하며 나를 사면대(斜面臺 tilt table)에 눕혔습니다. 테이블을 서서히 기울여서 마지막에는 서 있는 상태까지 몸을 일으키는 훈련입니다.

나는 3분도 안 되어서 정신을 잃었습니다. 하반신이 마비되면 혈액이 심장으로 돌아오는 게 쉽지 않아 바로 빈혈 증상을 일으키기 때문이었지요. 이런 상황이니, 언제 휠체어를 탈 수 있을지 아득했습니다.

"조급하게 생각 말고 천천히 해봅시다. 분명 곧 휠체어를 탈 수 있게 될 거예요."

재활치료사가 말하는 그 '곧'이 내게는 너무도 멀게만 느껴졌습니다. 내 몸을 회복시키기 위한 재활이었건만, 내게는 오히려 걸을 수 없다는 사실을 상기시켜주는 비참한 의식으로까지 느껴졌습니다.

하루 두 번의 재활이 끝날 즈음에는 몸도 마음도 피곤에 지쳐 너덜너덜해졌습니다.

흉수손상에 의한 양쪽 하지기능전폐(兩下肢機能全廢), 신체장애자등급은 가장 높은 1급.

그것이 내게 남은 장애의 이름이었습니다.

고통스러워 못 참겠어…

아아아…

2억 퍼센트 괜찮아

2년간의 입원생활 중 가장 침울해진, 지금까지 트라우마로 남은 사건이 있습니다.

심장의 병은 순조롭게 회복되었지만, 몸에 욕창이 생긴 것입니다.

마비된 피부는 혈류도 나빠서 일단 상처가 나면 좀처럼 낫지 않습니다. 잠깐 방심하면 어느새 악화되곤 해서, 결국 저는 성형외과의 대수술을 두 번이나 받았습니다.

수술 전후의 3개월은 쭉 침대에 누운 채, 내 의지로는 얼굴도 움직이지 못하는 상태가 됩니다. 겨우 탈 수 있게 된 휠체어도 침대 옆에 버려둔 채로 말이죠.

슬픔과 답답함은 맹렬한 자기혐오로 변했습니다. 사회에서 멀어져가는 느낌, 무엇을 해도 남들에게 피해를 줄 거라는 마음, 누구에게도 필요한 사람이 될 수 없다는 자괴감….

'내게… 살아야 할 이유가 있을까….'

낮 동안은 가족이나 친구들이 병문안을 와주었기 때문에 괜찮은 척하며 버텨냈지만, 병원에 어둠이 깔리는 시간이 되면 뿌옇게 흐려지는 천장을 바라보며 하염없이 눈물을 흘렸습니다.

정신이 아득해질 만큼 오랜 시간을 들여 욕창이 완치되고, 기다리고 기다리던 외박 허가를 받아 집으로 돌아올 수 있었습니다. 하지만 너무도 익숙한 내 집에서조차 나는 자유롭지 않았습니다. 아이들을 위해 부엌에 들어가 밥 한 끼 차릴 수 없었으니까요.

결국 내 집에서조차도 아무것도 할 수 없는 내 자신이 처량하여 나는 침대에 누운 채 천장만 바라보고 있었습니다. 모든 희망이 달아나버린 듯한 기분이었지요.

절망.

그때의 나를 표현한다면 그 외의 다른 단어는 떠올릴 수 없을 정도입니다.

침울해 하는 내 마음을 눈치 채고 나미가 제안을 하나 했습니다.

"엄마, 휠체어 타고 밖에 나가자. 쇼핑도 하고, 맛있는 것도 먹자."

내가 탄 휠체어를 나미가 밀고 둘이서 고베 중심가인 미츠미야

내가 살아야 할 이유가 더 있을까…
나에겐 더 이상 희망이 없어…

의 번화가에 가보기로 했습니다.

처음에는 병원이나 집에서 나왔다는 것만으로도 기뻐서 가슴이 뛰었지만, 둘 다 아직 휠체어 조작이 익숙지 않아 여기저기 부딪치기만 했습니다. 나와 나미의 설렘은 점점 그 빛을 잃어갔습니다.

"엄마, 이 집에서 먹을까? 이탈리안 음식점이래."

"그러자. …아, 근데 입구에 계단이 있어."

이런 대화를 몇 번이나 반복했는지 모릅니다.

들어가고 싶은 가게는 바로 앞에 있는데, 걸어 다닐 때는 문제도 안 됐던 얕은 계단이나 좁은 통로에 막혀 휠체어가 통과할 수 없습니다. 역에서는 엘리베이터를 찾기 위해 혼잡한 사람들 틈을 뚫고 멀리 돌아가야만 했지요.

휠체어를 탄 사람에게 얼마나 많은 장애물이 있는지, 그날의 외출로 처음 실감했습니다.

게다가 사람들의 시선도 신경이 쓰였습니다.

휠체어로 이동하다 보면 빠른 걸음으로 다니는 사람들과 부딪치곤 합니다.

"죄송합니다. 좀 지나가겠습니다."

"어머! 부딪치셨어요? 죄송합니다."

그렇게 사과를 하고 있노라면 주변 사람들이 힐끗힐끗 쳐다봅니다. 누군가의 시간을 받을 때마다 '아이고, 불쌍해라'라는 소리가 들리는 것 같은 피해망상에 젖어들게 되죠.

"목숨을 건져서 다행이야, 휠체어가 있으니 어떻게든 되겠지."

가족이나 친구들 앞에서 괜찮은 척 말하곤 했지만, 역시 그것은 허무한 환상에 불과했구나 싶었습니다.

'휠체어가 있으면 어떻게든 될 줄 알았는데, 현실에서 전혀 소용이 없구나….'

끓어오르는 감정을 억누르며 나는 고개를 숙였습니다.

겨우 휠체어로 들어갈 수 있는 레스토랑을 발견하고 자리를 잡아 한숨 돌리자 '이제 한계야!' 싶은 생각에 결국 나미 앞에서 울음을 터트리고 말았습니다.

"이런 상태로 살아야 하는 것도 싫고, 엄마로서 네게 해줄 수 있는 일도 하나 없어. 그냥 죽고 싶다. 그냥 내가 죽게 내버려둬, 부탁이야."

감정에 차올라 말을 쏟아내고 난 뒤에야 아차 싶었습니다.

하루아침에 아빠를 여의고, 엄마마저 쓰러진 상황에 처한 딸아이를 향해 내가 대체 무슨 소리를 한 건지… 너무 미안해서 마주 앉은 나미의 얼굴을 바라볼 수가 없었습니다. 분명 울고 있을 거라고 생각했으니까요. '엄마, 제발 부탁이니까 그런 말 하지마. 죽으면 안 돼.'라며 매달릴 거라고 생각했으니까요.

그런데 생각했던 반응이 없었습니다. 우는 소리도 들리지 않았습니다. 겨우 용기를 내 주뼛주뼛 고개를 들어보니, 웬걸, 나미는

집에 가자 나미야...

울기는커녕 그냥 파스타를 먹는 중이었습니다.

놀라서 말을 잃은 나를 바라보며 나미는 포크를 놓고 말했습니다.

"엄마, 죽고 싶으면 죽어도 돼."

그때 저는 귀를 의심했습니다.

"엄마가 얼마나 힘들게 병원 생활 하는지 알아. 차라리 죽는 게 낫다고 생각할 만큼 괴롭다는 것도 알고 있어. 엄마가 정말 못 견디겠다면 같이 죽어줄 수도 있어."

나미의 눈에는 굳은 결의가 담겨 있었습니다.

"하지만 엄마, 반대로 생각해 봐. 만약 내가 엄마랑 같은 병에 걸렸다고 쳐. 엄마는 내가 싫어질 거 같아? 나를 귀찮다고 생각할 거야?"

"…당연히 아니지."

"그거랑 같아. 엄마가 걷지 못해도 상관없어. 누워 있어야만 한다고 해도 괜찮아. 엄마를 대신할 수 있는 건 없으니까. 엄마는 2억 퍼센트 괜찮아. 나를 믿고, 조금만 더 힘내서 살아보자."

2억 퍼센트 괜찮아.

물론 그 말에 명확한 근거는 없습니다.

하지만 죽어도 된다고 말해 준 딸 덕분에, 이상하게도 오히려 '죽고 싶지 않다'는 마음이 솟아올랐습니다. 료타를 낳고 어찌할 바를 모를 때 남편이 '키우지 않아도 된다'고 해주었던 말이 뇌리

나미야 난 살아 있는게 슬퍼…

죽고 싶어!!!

를 스쳤습니다.

"알았어. 우리 딸을 믿고 좀 더 살아보지 뭐."

마음이 누그러진 나도 나미의 눈을 바라보며 대답했습니다.

억누르고 있던 진짜 속마음을 이야기함으로써 내 마음은 텅 비었고, 예상조차 못했던 선택지가 주어짐으로써 모든 것이 다시 백지로 돌아갔습니다.

제 삶의 방식이나 생각이 크게 변한 것은 바로 그때부터입니다.

다시 태어난 나

그날부터 '걷지 못하는 내가 무엇을 할 수 있을까' 생각하기 시작했습니다. 절망을 떨쳐버리려면 잃었던 존재 의의를 스스로 되찾아야 한다고 생각했던 겁니다.

괴롭고 고독한 입원생활 속에서 저의 유일한 구원은 끊임없이 누군가가 병문안을 와준 일입니다. 불쌍하게 보이는 게 싫어서 사람들 앞에서는 무리를 해서라도 늘 웃고 있었는데, 어느 날부턴가 "기시다 씨가 웃는 걸 보니까 힘이 나더라고요.", "이제 끝이라고 생각했는데, 기시다 씨랑 이야기하다 보니 좀 더 노력해 보자 싶더라고요." 같은 소리를 듣는 일이 많아졌습니다.

내 스스로는 나의 어떤 행동이 그들에게 그런 힘을 주는지 전혀 몰랐기 때문에 이상하게 느껴지기도 했지만, 아무튼 병문안을 와주는 게 고마워 더 이상 묻지 않았습니다.

언제부턴가 내 병실은 고민 상담실이 되어버렸습니다. 접골원에서 접수를 받던 시절의 풍경과 닮았습니다.

한때는 병문안이라는 이름의 개인 상담 예약표가 생겼을 정도입니다. 병원의 의사선생님이나 간호사들까지 예약표에 이름을 적어 넣고는 했지요.

내가 누워 있던 바로 앞쪽 침대에는 70대의 할머니가 입원해 있었는데, 류머티즘을 앓고 있는 요시다 할머니는 언제나 상냥하고 다정한 말투로 제게 말을 건네주었어요.

"나미 엄마, 오늘 기분은 어때~?"

마음을 어루만지듯 온화한 목소리가 대화의 시작을 알리는 신호입니다.

"나미 엄마는 퇴원하면 어디에 가고 싶어~?"

"저는 가족이랑 오키나와에 가고 싶어요."

"그거 좋네, 나미 엄마라면 갈 수 있고말고!"

퇴원하면 무엇을 하고 싶은지, 무엇을 먹고 싶은지, 요시다 할머니는 언제나 미래를 상상하게 만드는 일들을 물으며 제게 용기를 주곤 했습니다.

"나미 엄마가 그렇게 밝게 웃으니까 친구들이 좋아하나 봐. 언제나 사람들에게 둘러싸여 있잖아. 나미 엄마랑 이야기를 나누는 것만으로도 힘이 날 것 같아. 나미 엄마한테는 이제부터 좋은 일만 있을 거니까 걱정 안 해도 되겠어."

나미 엄마는 언제나 밝아서 좋아.

나미 엄마랑 이야기를 나누는 것만으로도 기운이 난다니까!

어느 날 들은 요시다 할머니의 말에 정신이 번쩍 들었습니다.

난 더 이상 정체 시술 따위 할 수 없는 처지지만, 사람들과 이야기를 나누는 정도라면 침대에서라도 할 수 있다는 사실을 깨달은 것입니다. 그저 이야기를 들어주는 것으로 도움이 될 수 있다면, 나는 얼마든지 소중한 사람들의 이야기에 귀를 기울일 준비가 되어 있었습니다.

저는 곧바로 심리 카운슬링 공부를 시작했습니다.

어떠한 어프로치가 있는지 찾아보던 며칠은, 긴 입원생활 중 처음으로 긍정적인 시간이었습니다. 긍정적인 마인드로 다양한 프로그램을 알아보고, 그중 선택한 것이 하코미 세라피입니다. '하코미 세라피'란 1970년대 말 미국에서 시작된 심리요법으로, 몸과 마음의 연결을 중요시합니다. 하코미란 미국 원주민인 호피족 말로 '당신은 누구인가(Who are You?)'라는 의미라고 합니다.

한 사람 한 사람이 지닌 페이스를 존중하면서 자연스럽게 솟구치는 감정이나 신체의 섬세한 움직임, 이미지, 기억을 함께하는 그 콘셉트가 지금의 나에게 맞겠다는 생각이 들어서 끌렸습니다. 상대의 마음을 자연스럽게 끌어내는 대화법, 깊은 신뢰관계를 만드는 방법 등, 사람과 사람이 함께하는 소중함을 배우는 것은 아주 의미 있는 일이었습니다.

사람과 마주한다는 것은 자신과 마주한다는 뜻이기도 합니다.

저는 오랜 시간에 걸쳐 조금씩 자신의 좌절과 장애를 마주하고 받아들였습니다. 세라피 공부를 하면서 조금이라도 자신의 가능성을 넓히는 일에 주력하였습니다.

좀 더 재활에 집중하기 위해 병원도 효고현립종합재활센터로 옮겼습니다.

1년이 지나자 휠체어로 혼자 이동하는 데도 어느 정도 익숙해졌고, 혼자 힘으로 침대에 올라갈 수도 있게 되었습니다. 자신이 붙은 저는 이번엔 자동차 운전에 도전하였습니다.

재활치료사에게 다리를 움직이지 못해도 양손만으로 운전할 수 있는 차가 있다는 사실을 처음 들었을 때는 눈이 번쩍 뜨였거든요. 오른손으로 핸들을 잡고 왼손으로 액셀과 브레이크 장치를 조작하면서 다시 운전할 수 있게 되었을 때, 단번에 눈앞의 세계가 밝게 펼쳐졌습니다.

재활은 혹독하고, 때로는 아픔을 동반하기도 했습니다. 나날이 새롭게 깨닫는 '할 수 없음'과 마주해야 했으니까요.

가족과 만날 수 있는 시간도 지금까지의 3분의 1 이하로 줄어들었습니다. 내 자신을 위한 일이긴 했지만, 고통과 외로움에 베개에 얼굴을 묻고 울기도 많이 울었습니다.

그럴 때 나를 지탱해 준 것은 이어폰에서 흘러나오는 좋아하는 아티스트의 노래였습니다.

걸어 다닐 때는 가끔 콘서트에 가곤 했는데, 더 이상 갈 수 없다는 생각이 드는 게 무서워서 휠체어생활을 하게 된 후부터는 잠시 멀리했던 노래….

몇 번이고 몇 번이고 나는 다시 태어날 수 있어
그래, 아직 가다만 미래가 있어

      Mr. Children 〈소생(蘇生)〉

걸어 다닐 때 들었던 것과는 전혀 다른 느낌이었습니다.

'할 수 없는 일을 한탄할 게 아니야. 나는 다시 태어나는 거야. 한 번 죽을 고비를 넘긴 목숨이니, 이쯤 되면 될 대로 되라지 뭐.'

어두운 병실에서 그렇게 마음을 다잡으며 다음날 아침을 맞이하였습니다.

내가 찾고 있었던 말

길었던 입원생활을 마치고 드디어 집으로 돌아왔습니다. 조금씩 집 내부를 리폼 한 덕분에 저는 혼자서 요리도, 목욕도 할 수 있게 되었습니다.

물론 모든 것이 완벽하다고 할 수도 없고, 할 수 있게 되기까지는 시간이 걸렸지만, '혼자서 할 수 있다'는 작은 성취감이 무엇보다 스스로에게 용기가 되었습니다.

퇴원하고 반 년 후에는 〈전나무 접골원〉에도 복직하였습니다. 주중에는 접골원에서 일을 하고, 주말에는 직접 운전하여 하코미 세라피 교실에 다니며 세라피스트가 되는 커리큘럼을 수료하였습니다.

접수와 간단한 사무작업뿐이라 좁은 원내에서 갑갑해하고 있는데, 하루는 접골원 원장님이 무심한 얼굴로 한마디 하셨습니다.

"수료도 했는데, 비어 있는 방에서 세라피 활동을 해보면 어때요?"

원장님 덕분에 저는 엉겁결에 세라피스트로의 첫걸음을 내딛게 되었습니다.

접골원에 다니는 환자들은 몸의 아픔도 아픔이지만, 마음의 아픔을 가진 경우도 많습니다. 특히 여성들이 그렇습니다.

"어깨 결림과 요통이 심해서 치료를 받고 있지만, 몸이 나른하고 어지럼증도 심해져서…."

오랫동안 접골원에 다니던 여성 환자분이 초췌한 모습으로 고민을 꺼내놓았습니다.

그 원인은 갱년기장애 증상의 하나이기도 한 부정수소(不定愁訴)*였습니다. '부정'이라는 이름처럼 특정한 병으로 취급할 수 없는, 막연한 신체의 불쾌감입니다.

"큰 병원에서 진찰도 받아 봤는데, 어디 몸이 나쁜 데는 없다고 합디다. 근데 너무 힘들어서 우울해지기까지 해요."

"네~ 그렇군요. 그럼 먼저 뭔가 불안한 일들이 있다면 생각나는 대로 제게 얘기해 보세요. 아주 사소한 것이라도 괜찮아요."

그렇게 저의 제1회 세라피가 시작되었습니다.

말이 세라피스트지, 제가 한 일이라고는 아무것도 없습니다. 상

● 부정수소(不定愁訴):[의학]스트레스 따위의 심신장애로 어깨가 쑤시거나 마음이 불안해지는 등 원인이 확실치 않은 불쾌감을 호소함.

마음이 아프니까 몸도 계속 아픈 것 같아요…

대에게 어드바이스나 처방을 내리는 게 아니라, 그저 상대의 이야기를 정중하게 들어줄 뿐이니까요.

단어가 막혀 말이 이어지지 않아도, 막연한 내용이라 완전히 이해가 되지 않아도, 일단은 환자분이 생각하고 있는 것을 전부 쏟아내게 하였습니다.

경청은 원래부터 내 특기이고, 휠체어를 타고 있어도 할 수 있는 일이었으며, 무엇보다 입원 중에 갈고닦은 능력이었으니까요

부정수소는 걷잡을 수 없는 마음의 불안이 원인인 경우가 많아서 대화를 거듭하는 사이 그녀의 몸도 좋아졌습니다. 3개월 정도 지나 건강해진 그분에게 편지 한 통을 받았습니다.

기시다 선생님 덕에 누구에게도 말하지 못했던 속마음과 고민을 밝힐 수 있게 되었어요.

매주 선생님과 만날 날을 손꼽아 기다렸지요. 선생님 덕분에 짓눌려 있던 마음의 무게가 훨씬 가벼워졌어요.

정말 고맙습니다.

편지에 쓰여 있던 말입니다. 세라피를 시작하고 처음 받은 이 편지는 지금도 보물1호로 소중히 간직하고 있어요.

사실 그녀 자신보다 더 회복을 기뻐한 것은 저일 겁니다.

침대 위에서 남에게 도움을 받아야만 살 수 있었던 내가, 휠체

어를 탄 채 혼잡한 거리에서 사람들과 부닥치며 내내 고개를 숙여야만 했던 내가 누군가에게 다시 '고맙다'는 말을 듣는 날이 오다니…, 상상도 할 수 없는 기쁨이었습니다.

그 말은 정말 그리운 울림이었고, 마음속 깊은 곳에서 내가 계속 찾고 있던 말이었습니다.

05

....

모든 것을 기회로 바꾼 날

사람들 앞에 서다

"일 대 일, 눈앞에 있는 사람에게 메시지를 전할 수 있는 세라피도 좋지만, 기시다 씨가 경험한 것을 많은 사람들에게 전해주었으면 좋겠어요. 그것이 기시다 씨의 사명이 아닐까 싶어요."

당시 하코미 세라피를 가르쳐주었던 은사 가와구치 마유미 선생님에게 들은 말입니다.

별 뜻 없는 대화중에 있었던 말이라, 그때는 그다지 마음에 와닿지 않았어요. 내가 무슨 대단한 뜻을 이룬 것도 아니고, 남에게 자랑할 만한 어떤 업적도 없었으니까요. 그저 죽음을 택하지 않고 겨우 살아갈 뿐이었으니, 그런 내 이야기를 듣고 싶어 할 사람이 있을 리 만무하다고 생각했습니다. 게다가 여러 사람 앞에서 이야기를 해야 하다니, 그런 건 자신 없었어요.

그래도 가와구치 선생님 말씀이 머리 한구석에는 남아 있었는지, 그때부터 가끔씩 내가 사람들 앞에서 이야기하는 모습을 상상해 보곤 했습니다.

"기시다 씨라서 고민을 이야기할 수 있었단 생각이 들어요."

어느 날 내 세라피를 받은 환자분이 해주신 말입니다. 더듬거리면서도 생각나는 대로 단어를 주워 삼키듯 이야기해 주었던 바로 그분이요.

"저였기 때문이라는 건 무슨 말씀이세요?"

"본인도 가족도 힘든 경험을 하셨잖아요. 그런데도 이렇게 씩씩하고 반짝반짝 빛나는 기시다 씨를 보고 용기를 얻었어요. 나도 힘내야지, 기시다 씨처럼 불행을 날려버려야지, 그런 생각이 들었거든요."

그저 빈말이라도 듣기 좋은 그 말이 그분의 입을 통해 나왔을 때, 진솔한 마음이 그대로 묻어나는 소리의 울림에 저는 놀라움을 금치 못했습니다.

그저 불쌍하게 보이기 싫다는 마음에 항상 웃는 얼굴로 사람을 대한 것뿐인데, 그 모습을 '빛난다'고 표현해 주시다니⋯. 스스로에게 그런 자각이 없었기에 더욱 놀랐을지도 모릅니다. 그리고 놀라움은 곧 기쁨과 고마움으로 바뀌었지요.

내 이야기가 다른 이에게 힘이 될 수도 있구나!

그것은 생각지도 못한 발견이었습니다.

상대의 이야기를 들어주는 것만이 내가 타인을 위해 할 수 있는 전부라고 생각했는데, 반대로 내 이야기로 누군가를 도울 수도 있단 것이 기뻤습니다.

"가와구치 선생님과 환자분에게 이런 말을 들었는데, 많은 사람들 앞에서 이야기하는 연습을 해볼까?"

어느 날 저녁, 대학교 2학년생인 나미에게 물었습니다. 나미는 언제나 내 최고의 카운슬러였으니까요. 그냥 설거지를 같이 하면서 흘리듯이 이야기했는데, 나미가 덥석 물었습니다.

"그거 괜찮은데? 엄마, 해보자!"

다음날, 나미는 내가 강연할 '무대'를 찾아왔습니다. 내 딸이지만, 나미의 무시무시한 행동력에는 절로 고개가 숙여지더군요.

실망과 아쉬움을 남긴 첫 강연

"이 이벤트에서 강연자를 모집하고 있길래 내가 엄마 이름으로 신청해 뒀어."

나미가 내민 것은, 오사카에 있는 아사히 래버러토리 가든에서 열리는 〈OPEN EAT THINK〉라는 토크 이벤트였습니다.

십 수 명의 강연자가 5분씩 자신에 대한 프레젠테이션을 하는 식이었습니다.

설마 그렇게 빠르고 간단히 강연을 진행하리라고는 생각도 못 했던 터라, 무엇부터 해야 할지 몰라 두려움으로 움츠러든 내게 나미가 말했습니다.

"괜찮아, 엄마. 강사로 뽑힌 거니까 자신을 가져."

나중에야 알게 된 사실이지만, 강연자는 선착순이었을 뿐 딱히 나의 무엇으로 평가된 것은 아니었어요. 그저 나미가 내게 용기를 주기 위해 '하얀 거짓말'을 했던 것뿐이었지요.

5분간 무슨 이야기를 해야 하나…, 내가 맨 처음 부딪친 벽이었습니다.

"내 인생에 일어난 일이라는 게 너무 무서운 일뿐이라…. 5분밖에 없으면 듣는 사람들에게 어두운 인상만 줄지도 몰라."

"긍정적으로 접근하면 되잖아. 불행이 오히려 계기가 되었다고 하면 어때?"

밥 먹던 손을 멈추지도 않은 채 던지는 나미의 제안에 '그래, 그러면 되겠네!' 싶어 무릎을 딱 쳤습니다.

사실 그때 저는 겨우 내가 처한 현실을 마주할 정도의 용기밖에 없었어요. 아직 내 장애를 온전하게 내 것으로 받아들일 만한 용기는 없었지요. 하지만 료타의 육아와 남편의 죽음에서는 많은 것을 배웠으니, 내 인생에 일어난 일련의 사건들을 '계기'라는 이름으로 사람들에게 이야기해야겠다 싶었어요.

겨우겨우 5분간의 원고를 쓰고 배포 자료를 만들었지만, 중요한 내용이 조금도 머리에 들어오지 않았습니다. 태어나서 처음으로 많은 사람들 앞에서 자신의 이야기를 한다는 것은 생각보다 훨씬 큰 부담이었죠.

아니나 다를까, 정작 무대에 오르자 머리가 하얘져서 그렇게 머리를 짜내며 만들었던 원고는 어디론지 날아가 버리고, 무슨 말을 어떻게 한지도 모르게 정해진 시간만 훌쩍 넘겨버렸습니다.

그야말로 엉망진창, 참담함 그 자체였지요.

"역시 내게는 어울리지 않나 봐."

스스로에게 너무도 실망스러웠습니다. 사람들 앞에 선다는 것이 두렵게만 느껴졌죠. 하지만 그 두려움 한편에 '이렇게 끝내버릴 순 없어!' 같은 아쉬움이 삐죽 고개를 내밀었어요. 내 속마음을 꿰뚫어본 듯 집으로 가는 차 안에서 나미가 말했습니다.

"엄마, 우리 회사에서 일해보지 않을래? 난 결정했는데, 엄마 생각은 어때?"

딸의 회사에 입사

여기서 잠깐 나미의 회사 소개를 안 할 수가 없군요.

이야기는 조금 거슬러 올라갑니다.

당시 나미는 간사이가쿠인 대학 인문복지학부에 다니는 대학생이었습니다. 남편의 영향으로 건축의 세계를 동경하고 있는 줄만 알았던 나미가 복지학부를 선택한 것은, 다름 아닌 저 때문이었습니다.

제게 "2억 퍼센트 괜찮아!"라고 말해준 날 이후, 나미의 입버릇은 "내가 엄마를 위해서 새로운 일을 만들 거야. 살기 잘했다 싶게 꼭 만들어줄 거야!"였습니다.

학원에도 다니지 못했고, 고등학교 선생님에게도 "합격은 좀 어려울 거 같으니 지망 학교를 바꾸는 편이 좋겠다."는 말을 들을 정도였지만, 나미는 고집을 꺾지 않고 맹렬하게 공부하였습니다.

고맙게도 나미는 원하던 대학에 들어갈 수 있었고, 나미의 합격은 내가 쓰러진 이후 가장 기쁜 일이었습니다.

대학에 들어가 두어 달 남짓 지난 6월, 나미는 두 살 연상의 가키우치 토시야라는 선배와 함께 '미라이로'라는 주식회사를 설립하였습니다.

열아홉이라는 어린 나이에 어떻게 그런 결단과 용기를 낼 수 있었는지, 엄마 입장에서는 대견하기도 하고 안타깝기도 했습니다.

미라이로의 이념은 〈베리어밸류(burrier value 장애를 가치로 바꾸다)〉입니다. 대표이사직을 맡은 가키우치 씨 본인도 유전성 병에 의해 휠체어를 타는 몸입니다.

주요 업무는 고령자나 장애인을 비롯하여 '누구든 이용하기 쉬운' 유니버설 디자인을 컨설팅하는 일입니다.

설립하고 1~2년간, 말 그대로 나미는 눈코 뜰 새 없이 바빴습니다. 대학에서 수업이 끝나면 바로 사무실로 가서 베리어프리의 지도를 만들거나, 철야를 해서라도 시설 조사 보고서를 정리했습니다.

미라이로의 성장 비화, 그리고 나미와 동료들의 고군분투기를 언급하려면 끝이 없으니, 가키우치 씨의 저서 『베리어밸류』를 읽어보시기 바랍니다.

나미에게는 미안한 일이지만, 사실 당시 저는 나미가 동분서주하며 애쓰는 모습에 응원은 했지만 '애들이 하는 일'이라며 별 기

기억해요 엄마? 2억 퍼센트!!!

엄마가 살기 잘했다고 생각하게 꼭 만들 거야!!!

대는 하지 않았습니다.

그래서 나미에게 같이 일해보자는 이야기를 들었을 때는, 솔직히 기쁘다기보다는 어안이 벙벙해졌습니다.

"잠깐만! 회사에서 일하라니, 내가 무얼 하면 되는데?"

나는 운전을 하면서 초조함을 감추지 못하고 나미에게 물었습니다.

"지금 새로운 연수 서비스를 기획 중이거든. 사람들에게 휠체어의 사용법이라든가, 휠체어 탄 사람을 대하는 법 같은 걸 가르쳐줄 수 있는 사람이 필요했던 참이야. 엄마가 지금까지 외출하면서 느끼고 겪었던 일들, 힘들었던 일들을 강사로서 전해주면 돼."

나미는 진심이었습니다.

"괜찮아, 엄마라면 분명 잘해낼 거야."

내 참담한 강연을 보고, 나미는 무슨 생각을 한 걸까요?

나미가 이끄는 대로 끌려가다 보니 어느 순간 가키우치 씨와 타미노 씨를 만나고 있었습니다.

"처음 뵙겠습니다. 나미에게 어머님 말씀을 많이 들었어요. 이렇게 뵙게 되어 반갑습니다."

두 사람의 태도는 아주 정중하고 부드러웠지만, 그들 안의 카리스마가 느껴졌습니다. 단순히 젊음이라는 단어만으로는 정의할 수 없는, 그야말로 뜨거운 정열이 있었지요. 정말 이 사람들이라면 사회를 변화시킬 수도 있겠다, 그런 생각이 들더군요.

"보다 많은 사람들에게 우리의 생각을 알리고 싶어요. 장애인과 마주하는 방법도 알려주고 싶고요. 그러려면 어머님의 힘이 필요합니다. 도와주실 거죠?"

취지를 설명해 주며, 가키우치 씨는 당시 연간 100회 이상의 강연활동을 혼자 소화하고 있다고 했습니다. 사실 가키우치 씨는 전국에서 서로 끌어가려고 난리인 인기 강사였지요.

정말로 내가 도움이 될까?

내게 기회를 준 나미와 동료들을 실망시키면 어쩌지?

세라피 활동과 양립할 수 있을까?

여러 망설임이 가슴속에서 소용돌이쳤지만 '일단 한 번 해보자'라는 결론에 도달하였습니다. 가키우치 씨와 타미노 씨, 그리고 나미가 나를 믿고 맡겨 주었으니, 나도 내 안의 나를 믿어보자 싶었지요.

이러쿵저러쿵 하는 사이, 저는 그렇게 강사로서의 첫걸음을 내딛게 되었습니다.

진정한 의미로, 모든 것이 '계기'가 되어 바뀌고 있었습니다.

살아서 다행이야

'시험 삼아 한 번'이라는 명목으로 받아들인 것이, 한 레저 시설의 연수였습니다. 치바 현에 새로운 쇼핑몰이 오픈하는데, 그 스태프들에게 장애가 있는 손님을 대하는 법과 접객 방법을 가르친다고 합니다.

"내가 먼저 한 시간 이야기할 거니까, 엄마는 15분 정도 이야기하면 돼. 자기소개랑 휠체어를 타고 생활하면서 힘들었던 일을 얘기해 주면 돼."

연수를 한 달 정도 앞둔 어느 날 나미가 말했습니다.

"그리고 파워포인트로 슬라이드 자료도 보여줄 거니까 그것도 만들어 두셈."

"파워포인트가 뭐야?"

"설마… 엄마 파워포인트가 뭔지도 모르는 거야?"

이런 식이었지요. 나미는 시간을 쪼개 내게 컴퓨터 조작법도 가르쳐야 했습니다. 어찌어찌 배우기는 했지만, 처음에는 내 사진을 슬라이드 자료에 올리는 데에만 한 시간 이상이 걸렸습니다.

자료를 만든 다음에는 오로지 원고를 외우는 일에 집중했습니다. 지난번처럼 중요한 대목을 놓치고 엉뚱한 이야기로 시간을 까먹고 싶지는 않았으니까요.

15분. 짧은 것 같아도 막상 원고를 암기해서 리허설을 해보니 터무니없이 긴 시간이었습니다. 게다가 돈을 받고 하는 연수였으므로, 그 시간을 채우지 못하는 건 당치도 않은 일이었습니다.

나의 실패는 나미의 실패, 나아가서는 회사의 실패를 의미했습니다. 도쿄로 가는 기차 안에서도 나는 원고를 놓지 못했습니다.

연수 당일.

강연장에는 1백 명 이상의 스태프 분들이 앉아 있었습니다.

경험한 적 없는 초조함을 느끼며 나는 이야기를 시작했습니다. 내 입을 통해 나오는 목소리가 가늘게 떨리는 게 느껴졌습니다.

"저는 기시다 히로미라고 합니다. 보시는 바와 같이 저는 휠체어를 타고 있습니다. 오늘은 저에게 일어난 '계기'와 '깨달음'을 여러분에게 이야기하고자 이 자리에 나왔습니다."

원고를 틀리지는 않을까, 시간 안에 끝낼 수 있을까… 온갖 걱정거리로 머리가 가득 찼습니다. 다른 것은 눈에 하나도 안 들어오고 컴퓨터의 화면과 시계만 보고 있었던 것 같습니다.

어찌어찌하여 15분의 강연을 마쳤지만, 스태프 여러분들이 어떤 반응을 보였는지 몰라 안절부절 못했습니다.

그날은 너무도 고단해서 호텔에 도착하자마자 죽은 듯 잠이 들었습니다.

다음날은 오픈을 앞둔 쇼핑몰에서 휠체어 미는 법과 들어 올리는 법을 가르쳤습니다.

모든 연수가 끝났을 때, 한 여성 스태프가 내게 뛰어왔습니다.

"어제 해주신 말씀, 정말 감동적이었습니다. 기시다 씨와 같은 손님이 거리낌 없이 즐길 수 있는 곳으로 만들고 싶어요."

그렇게 말하며 눈물을 흘리는 여성의 손을 굳게 맞잡으며 나도 덩달아 눈물을 흘리고 말았습니다.

기쁨, 성취감, 불안에서의 해방… 긴장으로 굳어 있던 신경이 풀어지면서 여러 감정이 뒤섞였습니다.

첫 연수를 마치고 저는 손글씨가 담긴 100장이 넘는 앙케트 용지를 받았습니다.

"저도 딸이 있어서 그 마음을 잘 압니다. 순식간에 감정 이입이 되었어요. 이야기를 들려주셔서 감사합니다."

"휠체어를 탄 사람이 어떤 불편함을 겪는지 아주 잘 알게 되었습니다. 휠체어를 미는 요령을 직접 알려주신 덕에 자신을 가지고 손님을 대할 수 있을 것 같습니다."

집으로 돌아가는 기차 안에서 한 장 한 장 읽어 넘기는데, 눈물이 다시 봇물처럼 터져 나왔습니다. 눈물을 닦으며 옆에 앉아 걱정스럽게 나를 훔쳐보던 나미에게 말했습니다.

"나미야, 지금, 처음으로 내가 휠체어를 타고 있는 게 다행이란 생각이 들었어. 이런 나라도 필요로 해주는 사람들이 정말 많구나 싶어서…"

"엄마…."

"이런 기회를 만들어주어서 정말 고마워. 그때 죽지 않고 살아서 다행이야. 모두 우리 딸 덕분이야."

내 말을 듣는 나미의 눈시울도 점점 붉어졌습니다.

'2억 퍼센트 괜찮아'가 현실이 된 순간이었습니다.

인생은 필연의 연속

그날 이후 저는 주식회사 미라이로에 입사하게 되었습니다.

처음에는 15분이었던 강연이 30분이 되고, 또 30분 강연이 한 시간으로 늘어났지요. 입사하고 3년이 지난 지금은 두 시간짜리 강연을 연간 180회 이상 소화하고 있습니다. 장애인 강사도 열 명 이상으로 늘어나, 감사하게도 그분들의 지도도 담당하고 있지요.

하지만 이 모든 것이 결코 저 혼자만의 힘은 아닙니다.

사람들은 제게 일어난 일을 '불행'이라는 이름으로 부르겠지요. 그래요, 운이 좋았다고는 할 수 없는 일이지요. 하지만 저는, 제게 일어난 그 일련의 사건들이 동시에 필연이었다고 믿습니다.

저는 이것을 '세 번의 계기'라고 이름 붙여서 이야기합니다.

첫 번째 계기는 료타의 출생입니다.

료타가 태어나서 우리 가족은 아주 살기 편해졌습니다. 남과 비교할 필요 없다는 것, 남들과 달라도 된다는 것, 어쩔 수 없는 일을 자기 탓으로 돌리며 자책할 필요 없다는 것, 이것을 처음 가르쳐준 것이 료타였으니까요.

두 번째 계기는 남편과의 사별입니다.

모든 것을 의지했던 남편이 세상을 떠났을 때는 어찌할 바를 몰랐지만, 시간이 영원하지 않다는 것을 알려주었기에 우리 가족은 비록 싸움을 하더라도 '고마워', '미안해'란 말은 반드시 그날 안에 하게 되었습니다. 후회 없이 살기 위해서는 때로 마음을 굳게 먹고 용기를 내는 것도 필요하단 것을 알았지요. 이것은 남편이 가르쳐준 것입니다.

세 번째 계기는 나의 후유증입니다.

본인이 직접 고통스러운 경험을 했기에 고령자나 장애인의 실정과 뉴스에 더욱 관심을 갖고, 그들을 대변하는 강사로 제일선에서 활약할 수 있기 때문입니다.

제게 미라이로와 인연을 맺게 해준 것은 나미였습니다. 나미는 우리 집에 계속 슬픈 일만 벌어질 때 더할 나위 없는 기쁨을 안겨 주었지요. 혼자 힘으로 열심히 노력하여 원하던 대학에 입학했고, 가키우치 씨와 타미노 씨를 만나 내가 활약할 수 있는 환경을 만들어주었습니다.

　뒤돌아보면 내 인생에 일어난 불행도, 그로 인해 깨닫게 된 행복도 모두가 필연이었음을 깨닫습니다.

　그리하여 지금 나는, 눈앞에 어떤 슬픔이 있다 해도 그 앞에 펼쳐질 미래를 바라볼 수 있는 용기를 갖게 되었습니다.

료타의 성장 일기

. . . .

첫 월급날

2016년 4월부터 취로지속지원 B형의 작업소에서 일하게 되어 인생의 새로운 장을 맞이한 료타.

맨 처음에는 불안했는지 가는 것을 주저했지만, 모자가 함께 시행착오를 반복하다가 드디어 매일 작업소에 나가게 되었습니다.

그리고 오늘, 첫 월급을 타 왔습니다. 대단하다고 치켜세우며 비행기를 잔뜩 태워주었지요.

"뭐에 쓸 거야?" 하고 물으니, 집을 사준다고 합니다. 나미 누나와 영화를 보러 간다고 합니다. 그리고 엄마에게는 아이스크림을 사준다고 합니다.

어떻게 하나 가만히 며칠 지켜보았더니, 일단은 자기가 갖고 싶었던 도라에몽 게임 소프트를 사더군요. 그건 또 그 나름대로 좋은 거겠죠?

그저 여기까지 온 것에 감사할 따름입니다.

슈퍼 료타맨

오늘은 기후 현에 가서 강연을 했습니다. 밤에는 기온이 더 떨어져 집 근처의 주차장에 도착했을 때는 기운이 하나도 없었습니다.

어찌할까 생각하다 일단 차 안에서 료타에게 전화를 걸었습니다. 그도 그럴 게 주차장에서 집까지는 급경사의 오르막길을 올라가야만 하기 때문입니다.

"아라써, 기다려!"라는 한마디만 던지고 전화를 끊은 료타.

바로 주차장으로 마중을 나와 내 휠체어를 밀어주었습니다. 엄마가 어려움에 처하면 언제든, 반드시 도와주러 오는 료타는 나의 슈퍼맨입니다.

디지털시계 최고

료타가 취로지원센터에서 근무하기 시작한 지 벌써 두 달.

하루하루가 살얼음판이었고, 조바심을 감추며 료타의 시간들을 따라가느라 애를 먹었습니다.

일단은 집을 나서는 것부터 시작해서 차로 데리고 가서 버스를 타는 것까지! 그 연습이 계속되자, 지각하는 날은 있어도 결석하는 날은 없어지게 되었고… 겨우 지난주부터는 혼자서 버스를 타고 작업소에 갈 수 있게 되었답니다! 만세~!!

료타가 이렇게 성장할 수 있었던 건 무엇보다 디지털 손목시계 덕분입니다. 시간에 관한 한 디지털 손목시계만큼 효과적인 아이템은 없었던 것 같아요.

"이제 가야 해!", "빨리 옷 갈아입어야지!", "이는 닦았니?" 등등 수많은 말로 지시를 받으면 료타는 오히려 몸이 굳어 움직이지 못합니다.

그래서 스스로 시간을 의식하도록 손목시계를 함께 골랐지요.

그 다음부터였어요. 료타 스스로 나가는 시간을 체크하게 되었죠. 사실 시간이라기보다 숫자를 의식하여 움직이게 된 것이지만요.

"숫자가 8이 되면 가는 거야!"

"오케이!"

예쁜 날과 미운 날

료타와 함께 외출할 때는 언제나 료타가 휠체어를 차에 실어줍니다. 예쁜 날의 료타입니다.

그렇다면 미운 날의 료타는 어떨까요?

오늘은 아침부터 일하러 가지 않겠다면서 바위처럼 눌러앉아 '얼음'을 시작합니다. 이때 어떻게 해서든 '땡'을 해주지 못하면 어영부영 집에서 뒹굴게 됩니다.

따라서 엄마는 이때부터 단단히 각오를 해야 합니다.

대부분은 이렇습니다.

◎ 혼내기 → 얼음 상태가 더욱 악화되어 지속된다.

◎ 비행기태우기 → 기고만장해져 쉴 기세로 당당해진다.

◎ 부탁하기 → 무시당한다.

한두 시간에 걸쳐 엄마와 아들의 승부가 펼쳐집니다.

◎ 엄마의 텐션을 높여 즐거운 제안을 잔뜩 늘어놓기 → 료타의 스위치가 ON이 되어 겨우 움직이기 시작한다.

그렇게 마지막에는 엄마인 내가 승리를 거머쥡니다. 이때의 승리란 료타에게 얻은 승리가 아닙니다. 그저 나 자신에게 이긴 것이죠.

　포기하지 않고 계속 료타의 눈높이로 대화하며, 료타가 해야 할 일을 하도록 유도했다는 성취감으로 오늘도 멋진 하루를 보냈습니다. 강연이 없는 날의 소소한 즐거움입니다.

제2부

06

. . . .

'하드'는 변하지 않아도 '하트'는 변할 수 있다

어린이용 의자에서 라면을 먹다

"엄마, 배도 고픈데 우리 라면 먹으러 가자."

어느 날 나미가 나를 졸랐습니다.

얼마 전 집 근처에 라면집이 하나 생겼는데, 얼마나 인기가 많은지 언제 봐도 대기 줄이 끊이지 않는다고 합니다. 줄서기를 싫어하는 나는 이 핑계 저 핑계로 미루기만 했는데, 그날은 마침 대기 줄이 없어서 들어가 보기로 했습니다.

"어서 옵쇼~ 아!"

우렁찬 목소리로 반기던 점원의 표정이 순간 경직되었습니다. 겨우 몇 초간이었지만, 뭔가 곤란한 듯 이쪽저쪽으로 시선을 돌렸어요.

그도 그럴 것이, 열린 문 저편에는 휠체어가 들어갈 만한 테이블 자리가 없었습니다. 그저 높은 카운터와 그 앞의 동그란 의자뿐이었지요.

경직된 표정의 의미를 바로 알아차린 나는 나미에게 눈짓을 하며 "다음에 올게요."란 형식적인 인사와 함께 돌아서려고 하는데 "잠깐만요!"라며 점원이 서둘러 우리를 불러 세웠습니다.

"잠깐 기다려주세요."

"네?"

"일부러 여기까지 와주셨는데, 라면 한 그릇은 잡수고 가셔야죠."

"하지만…."

"저희가 할 수 있는 일이 없을까요? 어떻게 하면 좋을지 가르쳐주십시오."

그런 말을 듣는 건 처음이었기에 당혹스러웠지만, 이상하게 싫지는 않았습니다. 아마도 그가 진심이 묻어나는 상냥한 얼굴로 물어봤기 때문일 겁니다.

"카운터가 높아서 닿지 않으니 낮은 테이블은 없을까요?"

"아, 죄송합니다. 카운터밖에 없는데요."

"최소한 등받이가 있는 의자가 있으면 옮겨 앉을 수 있을 거 같은데."

"등받이요? 음… 등받이라…."

그는 생각에 잠기어 가게 안을 둘러보았습니다.

신경 써주는 건 정말 고맙지만 역시 힘들겠지 싶던 차에, 그가

"앗!" 하고 뭔가 생각난 듯 큰 소리를 냈습니다.

"이 의자는… 어떠세요?"

그러면서 그가 쭈뼛쭈뼛 보여준 것은 어린이용 의자였습니다. 등받이뿐 아니라 발을 놓을 곳까지 있으니, 분명 조건으로서는 완벽합니다. 어른인 내가 앉을 수 있다면 말이죠.

"아무래도 이건 안 되겠지요. 죄송합니다."

실망한 표정으로 의자를 다시 돌려놓으려는 그를 이번에는 내가 멈춰 세웠습니다.

"잠깐 기다려주세요. 앉을 수 있을지도 모르니까 한번 앉아볼게요."

하반신마비라 마른 편인 나는 나미의 도움을 받아 의자에 쏙 들어갈 수 있었습니다. 나미는 크게 웃어댔지만, 그의 배려 덕분에 우리는 맛있는 라면을 함께 먹을 수 있었지요.

사실 이 집만이 아니라 이렇게 카운터 자리밖에 없는 가게에서는 늘 출입을 거절당하곤 했습니다. '들어올 수 없다', '어쩔 수 없다'고 단박에 거절하지 않고, '어떻게 하면 안으로 들일 수 있을까'를 함께 생각해 준 그의 마음이 정말 고맙고 기뻤습니다.

맛있게 드시니 제가 더 행복해지네요…

걷지 못하는 건 장애가 아니다

하루는 이런 일도 있었습니다.

예정에 없던 날 일이 생겨 미용실에 가야 했는데, 그날은 늘 가던 미용실이 정기휴일이었습니다. 할 수 없이 새로운 미용실을 찾아야만 했고, 먼저 예약 전화를 하게 되었습니다.

"여보세요, 파마 예약을 하고 싶은데요."

"네, 희망하는 날짜를 말씀해 주십시오."

"저기, 휠체어를 타고 있어서 그러는데, 들어갈 수 있을까요…?"

전화기 저편에서 침을 삼키는 소리가 들려왔습니다.

"죄송합니다만…."

자그맣게 흘러나오는 소리를 듣고, 또 거절당하는구나 싶었습니다. 그런데 계속 이어진 말이 전혀 의외였습니다.

"저희 가게는 입구에 2센티 정도의 계단이 하나, 가게 안에도 비슷한 계단이 하나 있습니다. 낮은 계단이긴 하지만 조금 불편하실 것 같아서 미리 말씀드려요. 그래도 괜찮으시다면 예약해 드릴까요?"

그녀는 가게 안의 상황을 정중하게 설명해 주었던 것입니다.

"그 정도의 단차라면 한 분이 뒤에서 밀어주시면 괜찮습니다. 도와주실 수 있을까요?"

"물론이지요. 꼭 들려주세요."

저는 무사히 그 미용실에서 파마를 할 수 있었습니다. 그날도 환영하는 분위기로 반겨주었지요. 무엇보다 내가 안심하고 방문할 수 있도록 이것저것 물어봐준 것이 정말 기뻤습니다.

휠체어에 의지하게 되면서 몇 번이나 억울한 단념을 했는지 모릅니다. 특히 계단이 길을 막을 때는 더욱 그랬지요.

하지만 더 이상 단념하지 마세요. 비록 계단을 없애지는 못하지만 누군가의 도움을 받으면, 카운터만 있는 가게에서 라면을 먹기도 하고 머리를 하러 갈 수도 있습니다.

용기를 내 "좀 도와주세요." 하고 손을 내밀어보세요. 그것이 가게 측에서 받아들여지면, 눈앞의 장애물 따위는 문제가 되지 않는단 사실을 깨닫게 될 거예요.

할 수 없다고 단념하지 말고 한 발 다가서는 게 중요합니다.

'하드'는 바꿀 수 없더라도 '하트'는 바꿀 수 있으니까요.

이것이 바로 내가 머리가 아니라 경험으로 배운 것들입니다.

유니버설 매너

우리들은 이런 마음의 자세에 이름을 붙였습니다.

고령자나 장애인 등 다양한 분들을 대할 때 적절한 이해 위에 행동하는 것. 그것이 〈유니버설 매너〉입니다.

제가 전국 각지, 기업부터 교육기관까지 모든 곳에서 전하려고 애쓰고 있는 것이기도 합니다. 이 책을 읽고 있는 여러분에게도 꼭 알려드리고 싶습니다.

일본에서는 보통 고령자나 장애인을 대할 때면 무관심하든가 지나친 배려를 하든가, 둘 중 하나입니다.

무관심이라는 것은, 거리에서 곤란한 처지에 있는 사람을 보고도 못 본 척하거나 혹은 말을 걸 용기를 못 내는 사람입니다. 한편 지나친 배려라는 것은, 그렇게까지 하지 않아도 되는데 귀찮을 정도로 도와주는 사람입니다.

사실 저도 내 다리로 걸어 다닐 때는 무관심에 가까웠어요. 실은 '장애에 대해 아무것도 모르는 내가 말을 걸면 오히려 부담이 될지도 몰라', '잘못했다 화를 당할지도 몰라' 같은 생각에 빠져 있었거든요.

무관심이든 지나친 배려든 그 밑바탕은 '무언가 도움을 주고 싶다'는 친절한 마음에서 오는 것이겠지요. 하지만 불행히도 어느 쪽도 정답은 아닙니다.

정작 그들에게 필요한 건 그 중간쯤 되는, 자연스럽고 특별할 것 없는 배려입니다.

예를 들면 나처럼 휠체어를 탄 사람이 음식점에 들어갔을 때, 대부분의 점원들은 원래 있던 의자를 쓱 빼고 "이쪽으로 앉으세요." 하고 안내를 해줍니다.

내 경우에는 휠체어를 탄 채 식사를 하는 경우가 많기 때문에 그리 해주는 것이 고맙지만, 휠체어 이용자 중에는 자리를 옮기고 싶어 하는 사람도 있습니다. 어디까지나 휠체어는 이동용이기 때문에 계속 앉아 있으면 엉덩이가 아픕니다. 특히 고령자들은 피부가 얇기 때문에 휠체어에 계속 타고 있으면 욕창 등의 괴사로 연결되기 쉽습니다.

이렇게 같은 장애를 지녀도 성향에 따라 다르기 때문에, 무조건적인 친절함이 사람에 따라서는 오히려 불쾌함으로 다가서는 경우도 있습니다.

"휠체어에 타신 채 식사를 하시겠습니까? 아니면 자리를 옮기시겠습니까?" 하고 먼저 물어보는 것이 정중한 대응입니다.

만약 청각장애를 지닌 분이 가게에 왔을 때는 어찌해야 할까요?

자신은 수화를 못하니 커뮤니케이션을 주저한다거나, 장애인 당사자가 아니라 대화가 가능한 다른 일행하고만 이야기하는 점원들이 있습니다. 저 또한 접골원의 접수창구에서 근무할 때는 청각장애가 있는 환자에게 그렇게 대했을 겁니다.

그러나 청각장애가 있는 대부분의 사람들은, 필담이나 입모양 등 어떤 방법이라도 좋으니 자신과 직접 이야기를 해주면 좋겠다고 느낍니다.

중요한 것은 무관심도 지나친 배려도 아닌, 마음으로 대하는 것입니다.

마법의 한마디

하지만 무관심과 지나친 배려를 스스로 판단하는 일은 어렵지요. 그래서 제가 언제나 강연에서 강조하는 건 마법의 한마디입니다.

"제가 도울 게 있을까요?"

어려움에 처한 장애인 분들이나 고령자를 발견했다면, 먼저 이렇게 물어봐주세요.

저처럼 휠체어를 타고 있더라도 느끼는 것이나 힘든 부분은 각기 다릅니다. 뭔가 해주고 싶단 생각이 든다면, 그것은 이미 지나친 배려나 강요가 될 위험이 있습니다. 우선은 묻는 것이 중요합니다.

간혹 괜찮냐고 묻는 사람이 있는데, '괜찮습니까?'라고 물으면 사람들은 반사적으로 '괜찮습니다'라고 대답하기 마련이므로 (내가) 해줄 일이 있냐고 묻는 편이 상대도 대답하기 편합니다.

이런 소소한 일을 하나 알게 됨으로써 오늘부터 우리도 할 수 있는 일이 생기는 겁니다. 저는 이처럼 작지만 꼭 알아야 할 대응법을 모두에게 알리기 위해, 일본 유니버설 매너협회의 이사장으로 취임하였습니다. 현재 유니버설 매너는 자격시험을 통해 누구라도 자격증을 취득할 수 있습니다.

2016년 4월에는 아라시*의 사쿠라이 쇼 씨도 수강을 했습니다. 사쿠라이 씨에게 휠체어 드는 법을 설명할 때는 정말 긴장했지요.

"지적 장애인 분들 대하는 법을 제가 나름 공부해 오긴 했는데, 질문해도 될까요?"

휴식시간에 저를 찾아와 적극적인 질문 공세를 퍼붓는 사쿠라이 씨를 대할 때는 료타가 생각나서 정말 기뻤습니다.

지금은 제가 여러분에게 강의를 하는 입장이지만, 저 또한 하루하루 유니버설 매너를 실천하며 깨닫습니다.

예를 들면, 함께 일하는 시각장애인 강사 하라구치 아츠시 씨와 이런 일이 있었습니다. 여러 우연이 겹친 어느 날 저는 하라구

● 아라시(嵐) : 다섯 명으로 구성된 인기 남성 아이돌 그룹(1999년 11월 데뷔).

치 씨와 단 둘이서 역에서 회사까지 이동해야 했어요.

하라구치 씨는 눈이 전혀 보이지 않습니다. 모르는 장소로 이동할 때면, 평소에는 조력자의 팔을 잡고 유도 받는다고 합니다.

어찌할 바를 몰라 당황한 내가 "어떻게 하면 될까?"라고 묻자, 하라구치 씨는 웃으면서 "여기를 잡으면 적당할 것 같네요."라며 휠체어의 손잡이를 잡았습니다. 휠체어를 타고 있어도 조력자 역할을 할 수 있구나 싶어서 잔뜩 긴장했던 마음이 풀어지더군요.

그날 이후 나는 어디든 하라구치 씨와 둘이서 이동할 수 있게 되었습니다. 지나치는 사람들이 우리를 한 번 더 돌아보기는 하지만요. 아무튼 자신과 다른 시점을 가진 사람과 이야기하며 새롭게 깨닫는 일도 많습니다.

"난 편의점 앞을 지나는 것만으로도 종류를 알 수 있어요."

"대단한데? 어떻게 알아?"

"편의점마다 파는 간단한 조리식품들이 다르잖아요. 그 냄새하고 계산기 두드릴 때 소리가 미묘하게 다르거든요."

최근 하라구치 씨에게 들은, 부러운 것 같기도 아닌 것 같기도 한 그의 특기였습니다.

사람들 앞에 나설 수 있게 되기까지

기회를 살리다

저는 현재 강연활동과 함께 저처럼 장애가 있는 강사 육성을 돕고 있습니다. 2020년까지 100명 육성을 목표로 하고 있어요. 눈이 전혀 보이지 않는 강사, 귀가 들리지 않는 강사 등, 여러 종류의 장애를 가치로 변화시키고 있는 강사와 함께 절차탁마(切磋琢磨)하고 있답니다.

그들에게 조언을 할 때면 이런 말을 듣곤 합니다.

"기시다 선생님은 아무리 사람이 많아도 긴장 하나 않으시고, 원래부터 말을 잘하시는군요."

칭찬을 듣는 것은 정말 감사한 일이지만, 사실 그것은 과대평가에 지나지 않습니다.

감사한 인연과 기회로 지금은 강사로 활동하고 있지만, 3년 전까지 저는 그저 주부였습니다. 많은 사람들 앞에 나설 일도 없었고, 누군가에게 무언가를 알리고자 노력하는 일도 없었지요.

접골원에서 세라피를 하고 있었다 해도, 일 대 일과 일 대 다수는 완전 다른 이야기입니다. 그래서 첫 강연에서 실패의 쓴맛을 보기도 한 것이고요.

스스로 인정할 만한 이상적인 강사가 되기엔 아직 멀었지만, 그래도 조금이라도 가까워지고자 하루하루 노력하고 있습니다.

연습, 그리고 또 연습

〈수(守)·파(破)·리(離)〉란 무도(武道)나 선(禪)의 가르침으로 유명한 말입니다.

예로부터 전해져 내려오는 말인 만큼 소중한 의미를 품고 있습니다. 각각 이렇게 해석할 수 있습니다.

수(守): 기본 – 정해진 형태와 지도자의 가르침을 지키고 반복하여 기본을 습득하는 단계.

파(破): 응용 – 수(守)로 몸에 익힌 기본에 자기 나름의 공부를 더해서 서서히 기본을 깨치고 진화하는 단계.

리(離): 독자성 – 형태나 가르침에서 분리되어 오리지널의 개성을 발휘하는 단계.

맨 처음에 "자신만의 강연을 하세요."란 말을 들었을 때는 정말 힘들었습니다.

나만이 전할 수 있는 게 무얼까, 어떻게 해야 좋은 표현을 만들어낼까… 고생이 이만저만이 아니었습니다.

겨우 완성된 원고를 앞에 두고 리허설을 해봤지만, 내가 지금까지 봐온 멋진 강사들과 비교했을 때 그 수준이 너무도 떨어졌습니다. 내용에 자신이 없으니, 자신감을 가지고 이야기할 수 없는 악순환이었지요.

'역시 내게는 어울리지 않는 길인가 봐' 싶어 얼마나 고민했는지 모릅니다. 그 고민은 결국 '역시 내게는 맞지 않아'라는 확신으로 변하고 말았습니다.

하지만 그것이 오히려 잘된 일인지도 모릅니다. 혼자서 할 수 있는 데는 한계가 있으니까, 차라리 다른 사람을 흉내내 보자고 생각을 고쳐먹게 되었거든요.

가까이 있기도 하지만, 내가 가장 존경하는 강사는 미라이로의 대표 가키우치 씨입니다.

가키우치 씨에게 그의 90분간 강연 녹음을 부탁하여 아이패드로 옮긴 다음 이어폰으로 계속해서 들었어요. 때때로 음성을 원고지에 옮겨 적기도 하면서요.

5분 들으면 멈추고, 이야기를 가늠하며 나도 같은 식으로 말해 보았지요. 말뿐 아니라 이야기하는 스피드나 목소리의 톤까지, 완전히 똑같이 말하려고 의식적으로 노력했어요. 물론 가키우치 씨만이 할 수 있는 오리지널의 내용도 있지만, 미라이로의 소개나 장애인을 둘러싼 사회 배경 등의 해설은 크게 다르지 않거든요.

조금이라도 쉴 시간이 있으면 이 작업에 매달려 반복하다 보니 어느새 가키우치 씨의 강연을 완전히 통째로 외워버렸습니다. 꿈속에서까지 가키우치 씨의 음성이 들렸을 때는 '이러다 어떻게 되는 거 아냐?' 싶은 생각까지 들더군요.

철저하게 흉내를 내다 보니, 불가사의하게도 딱히 배우지 않았던 부분까지도 그럭저럭 알게 되었습니다. 사람들에게 알기 쉽게 전달하기 위한 단어를 선별하는 법이라든가, 시간에 딱 맞춰 끝낼 수 있도록 계산하여 속도를 조절하는 숙련 같은 것들이요.

몇 개의 강연을 듣는 사이 강사의 사람됨이나 배려까지 느낄 수 있더라고요. 마음에 남기 쉽도록 짧은 말을 고르는 사람, 회장을 천천히 둘러보며 말하는 사람… 그런 것들에는 모두 의미가 있었습니다. 많은 사람들이 감동하는 강연이란, 그럴 수밖에 없는 이유들을 가지고 있었어요.

입사 후 첫해는 좋은 것을 그대로 받아들여 진짜 내 것이 될 때까지 몇 번이고 곱씹으며 강연에 임했습니다. 내 오리지널 부분은 일단 제쳐두고, 본보기가 되는 부분에 완성도 100%를 목표로 했지요.

사람들 앞에서 이야기를 한다는 게 정말 어렵구나.

일단 흉내내는 것부터 시작해 보자!!

나의 오리지널리티를 갖추기엔 아직 부족할지라도, 최저 조건인 '듣기 쉬운 스피드와 톤으로 말하기', '원고대로 말하기', '시간 지키기' 등은 연습만 하면 가능하다는 것을 깨닫자 마음이 조금 편해졌습니다.

겸허함을 잃지 않기

'겸허'는 마츠시타 고노스케*씨를 시작으로 몇몇 위대한 분들이 입에 올렸던 단어입니다.

입사한 후 전국 각지로 강연을 다니게 되었습니다.

대부분의 경우, 나는 '기사다 선생님'으로 불립니다. 많은 사람들 앞에서 말하는 강사가 된 이상 자연스러운 호칭이긴 하지만, 언제 들어도 송구한 마음은 지워지지 않습니다. 내가 가지고 있는 '선생'이라는 이미지와는 동떨어져 있기 때문입니다.

'나는 아직 뭔가 성취한 것도 없고, 훌륭하지도 않은데…'

나는 강연의 첫머리에 늘 앞서 이야기한 세 가지 계기에 대해 말합니다. 그것은 선생으로서의 '가르침'보다는 '깨달은 것을 정

● 마츠시타 고노스케(松下幸之助 1894~1989) : 일본의 실업가, 발명가, 저술가. 파나소닉의 창업주. 별명은 '경영의 신'.

중하게 전하기', '함께 느껴보기'라는 표현에 더 가깝습니다.

　그래서 자신의 분수를 잘 파악하고, 강연을 들어주는 분들에게 감사의 마음을 갖습니다. 구체적으로는 강연이 시작하기 전에는 '와주셔서 감사합니다'라는 마음, 끝나면 '들어주셔서 감사합니다'라는 마음을 반드시 소리 내어 전합니다.

　감사의 마음을 소리 내어 말하다 보면, 어느새 마음속에서도 늘 감사의 마음이 솟아납니다. 그리되면 사실 좀 힘에 부치는 일이 생겨도 '모두의 은혜에 보답하는 마음으로 내가 할 수 있는 일에 최선을 다하자'고 자신을 다잡을 수 있게 됩니다.

24시간 안에 되짚어보기

성황리에 마친 강연도, 그렇지 못했던 강연도 반드시 24시간 안에 되짚어봅니다. 이것은 내 자신과의 약속으로, 복기(復碁) 방법에는 두 가지가 있습니다.

그중 하나는 녹음한 음성을 들어보는 것입니다.

강연하는 당시에는 전혀 깨닫지 못하지만, 녹음한 걸 들어보면 미세한 단어 선택의 차이가 느껴지고, 같은 말을 두 번 반복하면 '그러니까'라든가 '저기' 같은 불필요한 추임새가 붙습니다.

처음에는 강연의 70% 이상, 지금도 40% 이상은 반성하느라 녹음을 듣는 것이 아주 두렵고 무섭습니다.

하지만 그래서 더욱 24시간 이내에 들어야 합니다. 강연을 마쳤을 때의 박수와 모두의 웃는 얼굴, 강연장의 열기가 사라져버리기 전에 되짚어보아야 합니다. '다음에는 더 잘하자'라는 의지

우리 엄마! 열심이네!!!

를 품을 수 있다면, 그것은 용기로 변합니다.

다른 하나는, 모두에게 받은 앙케트를 읽는 일입니다. 학교에서 강연을 할 때면 1천 장도 넘게 받아올 때도 있습니다.

하지만 무엇보다 기쁜 것은, 미라이로의 스태프에게 받는 피드백입니다. 물론 다른 누구보다 냉철한 내용이지만, 꼭 필요한 충고이기도 하니까요. 요즘에는 지적이 없는 게 오히려 불안할 지경입니다.

'여기가 좋지 않아'라는 지적은 반대로 말하면 '여기만 고치면 좀 더 잘할 수 있어!'라는 뜻이기도 합니다. 어설픈 부분을 개선해 나가다 보면 더욱 좋아질 수 있으니까요. 잘하고 싶다는 마음은 잘할수록 점점 더 커져만 갑니다.

분위기를 살리는 일석이조의 표정

아마도 제게는 〈수(守)·파(破)·리(離)〉의 〈리(離)〉에 해당되는 일인지도 모르겠습니다.

여유를 가지고 이야기할 수 있게 되자, 저는 강연 내내 웃는 얼굴을 유지하도록 의식하였습니다.

내 이야기에는 장애와 죽음에 얽힌 부분이 많기 때문에, 아무래도 분위기가 무겁고 어두워집니다. 하지만 나는 청중들에게 슬픔을 전염시키고 싶은 것도 아니고, 나를 불쌍하게 생각해 달라는 것도 아닙니다.

나는 주변 사람들에게 힘이 되고 싶고, 조금이라도 도움이 되고자 강연을 시작했습니다. 하지만 내가 이미 받아들인 장애나 죽음이라도 어둡게 들리면 사람들 마음에 무언가 위화감을 불러일으킬 수 있습니다.

내가 웃는 얼굴로 이야기하면, 듣고 있는 사람들의 표정도 온화해집니다. 표정이 온화해지면 강연장의 공기도 평온해지고, 내 기분까지도 편안해지기 때문에 이것은 일석이조입니다.

물론 그렇다고 강단에 서자마자 만면의 미소를 머금고 이야기를 시작하는 것도 어색하므로, '오늘은 인사할 때만이라도 웃는 얼굴로!' 같은 식으로 여러 포인트를 의식하고, 그 경험을 쌓아 몸이 기억하도록 만들었습니다.

정작 이렇게 써내려가다 보니, 정말 특별한 게 아무것도 없네요.

사실 제게 이 일은 자신의 존재 의미를 되돌리는 유일한 희망이었습니다. 걷지 못하게 되었을 뿐, 듣고 말하는 데는 지장 없다는 깨달음으로 시작된 일이니까요. 아무것도 할 수 없을 거라는 마음에 움츠려들 때, 저는 이 말을 떠올렸습니다.

Watch your thoughts, for they become words.

Watch your words, for they become actions.

Watch your actions, for they become habits.

Watch your habits, for they become character.

Watch your character, for it becomes your destiny.

생각하면 말이 되고, 말은 행동이 되고, 행동은 습관이 되고,

습관은 인격이 되고, 인격은 운명이 된다.

영국 최초의 여성 수상 마거릿 대처의 말이라고 하지요.

의식이 행동을 변화시키고, 행동이 습관을 변화시킨다고 그녀
는 말합니다.

운명을 변화시키기 위해서는 먼저 자신을 믿고 생각에 깊이를
더해야 한다고, 나 스스로에게 용기를 주었지요.

나날이 나를 성장시키는 여러분과 만날 수 있다는 사실에 진
심으로 감사드립니다.

와주셔서 감사합니다!! 들어주셔서 감사합니다!!

돌고 돌아 미얀마

계기가 기회로

"기시다 씨, 함께 미얀마에 가시지 않을래요?"

일본재단의 이사장 오가타 타케지 씨와 상무이사 오오노 슈이치 씨(현 사사가와 평화재단 이사장)에게 그런 제안을 받은 것은 2016년 2월 어느 식사 자리에서였습니다. 30년 전부터 나병 환자의 의료지원활동을 시작한 후 미얀마에서 적극적으로 활동하는 일본재단의 이야기를 듣고 있던 중이었습니다.

"미얀마… 라고요?"

"기시다 씨 이야기는 미얀마에 사는 장애인이나 그 부모들에게 큰 자극이 될 거란 생각이 들어서요."

일본재단은 30년 전부터 미얀마에서 나병 퇴치를 위한 지원을 시작했습니다. 군사정권의 시절에도 의료원, 교육, 그리고 장애인들을 지원하여, 미얀마 사람들과도 굳건한 신뢰관계를 쌓은 상태입니다.

저는 그때까지 아시아의 다른 나라에 가본 적도 없었고, 미얀마라는 나라에 대한 이미지도 거의 없었습니다.

어떻게 답을 해야 할지 몰라 망설이자, 이번에는 오오노 씨가 말씀하셨습니다.

"우리들은 그저 자금을 원조하는 것으로 끝나는 게 아니라, 그 땅의 미래를 이끌어 나갈 인재와 기술을 육성하고 있어요. 원조 프로그램의 하나로, 미얀마의 장애인들과 정열적인 젊은이들에게 기시다 씨를 소개하고 싶어요."

두 사람의 간곡한 부탁에 '도움이 된다면 나도 가보고 싶다'는 마음이 울컥 치밀어 올랐습니다.

"네, 꼭 함께 가고 싶어요!"

우기가 끝나는 것을 기다려 그해의 11월, 나미와 함께 미얀마로 떠났습니다. 수도인 양곤으로 가는 비행기 안에서 나는 기대와 불안이 섞여 잠을 이루지 못했습니다.

미얀마는 아시아에서 가장 가난한 나라입니다. 교통수단도 정비되어 있지 않습니다. 물론 거리의 베리어 프리 상황도 일본에 비하면 열악할 것입니다. 아마도 장애인이 편하게 외출할 수 있는 환경은 아닐 것입니다.

5일간이나 휠체어로 생활할 수 있을까, 모두에게 폐만 끼치는 건 아닐까… 그런 생각들로 머리가 무거웠습니다.

"기시다 씨, 미얀마에 잘 오셨어요~!"

오오노 씨가 공항까지 마중을 나와 준 덕분에 불안과 긴장은
다소 누그러졌습니다.

몇 번이나 미얀마에 부임한 경험이 있는 오오노 씨는, 첫 방문
인 우리를 위해 이번 출장을 면밀하게 코디네이터 해주었습니다.

단순히 일에 대한 것만이 아니라, 잘 듣는 벌레 방지 스프레이
부터 100엔으로 살 수 있는 맛있는 땅콩사탕까지… 말 그대로 A
부터 Z까지 말입니다. 현지의 관광 가이드보다 든든하고 버라이
어티하게 풀어놓는 어드바이스를 들으며, 미얀마에 대한 오오노
씨의 깊은 애정과 친근함을 느낄 수 있었습니다.

처음 보는 미얀마의 풍광에는 활기가 느껴졌습니다. 거리에는
사람도 차도 끊임없이 오가고 있었지요.

"와~, 일본의 운송회사 버스가 가고 있네. 벌써 미얀마에 진출
했군요."

창밖을 바라보며 내가 그렇게 외치자, 오오노 씨가 뒷자석을
돌아보며 웃었습니다.

"저건 일본에서 수입한 중고차예요. 한자가 근사해 보이는 건
지 외장을 그대로 사용하더군요. 저번에는 일본의 유치원 버스에
어른들이 계속 올라타고 있더라고요."

도착하자마자 미얀마의 색다른 문화에 충격도 받았습니다.

일상과 윤회전생

도착한 첫날은 양곤의 호텔에서 묵고, 다음날 국내선 비행기를 타고 만달레이로 이동하였습니다.

"미얀마는 경건한 불교도가 많아요. 불교의 윤회사상이 일반적이라 전생에서 나쁜 짓을 한 사람이 현생에 장애인으로 태어난다고 생각하는 경우도 있지요."

이동하는 차 안에서 그렇게 귀띔해 준 것은, 미얀마인인 몬 씨였습니다. 이번 출장 중에 통역을 맡아준 분이지요. 그녀는 오늘을 위해 내가 게재된 신문기사나 잡지를 꼼꼼히 읽은 탓인지, 처음 만났다는 생각이 들지 않을 정도로 허물없이 대할 수 있었습니다.

몬 씨에게 윤회와 전생의 개념을 듣고 나는 충격을 받았습니다. 일본과 생각이 너무도 달랐기 때문입니다. 그런 생각이 없는 일본에서도 장애인으로 사는 것은 만만치 않은 일인데, 미얀마에서 장애인으로 산다면 어떤 고난이 따를지 상상만으로도 아득해졌습니다.

맨 처음 방문한 곳은 〈만달레이 맹인 마사지 양성학교〉였습니다.

그곳에서는 20명 이상의 시각장애인들이 의료 마사지사가 되는 공부를 하고 있었습니다. 마사지업은 일본에서도 시각장애인의 전통적인 직업입니다.

행사는 오가타 씨의 스피치로 시작되었습니다.

그 자리에 있는 사람들의 듣는 자세와 친근하게 이름을 부르는 모습을 보며, 오가타 씨 일행이 하는 활동을 미루어 짐작할 수 있었습니다.

오가타 씨의 소개를 받은 나는 직원과 학생 앞으로 나가 간단하게 자기소개를 하였습니다.

학생들 앞에 서기 전에 학장에게 이런 말을 들었지요.

"있는 그대로의 기시다 씨를 보여주시면 됩니다. 기시다 씨의 메시지를 미얀마 전체에, 아니 전 세계에 전해주십시오. 2억 퍼센트 괜찮습니다!"

설마 나미에게 들은 '2억 퍼센트 괜찮아'를 미얀마어로 듣는 날이 오게 될 줄이야! 기쁜 마음에 기분이 이상해졌습니다.

"여기에서 마사지를 배우는 학생들 중에는 눈이 보이지 않는 탓에 마을에서 애물단지 취급을 당해 온 사람도 적지 않습니다. 그들에게 마사지를 배워 직업을 얻는다는 건 어찌 보면 절대적인 희망이지요."

학장의 설명을 들으며 나는 깜짝 놀랐습니다.

미얀마의 거리는 50년 전의 일본과 닮았습니다. 울퉁불퉁한 보도에 여기저기 파손된 곳도 많아, 사실 저는 혼자서 이동할 엄두도 낼 수 없습니다.

국내선 공항 또한 설비가 오래되어서 휠체어로 이동하기에는 불편한 곳이 꽤 있었습니다. 탑승수속을 할 때도 승무원들이 익숙하지 않은 모습이었고요.

뒤집어서 말하면, 그만큼 장애인이 공공 교통기관을 이용하는 기회가 적다는 뜻이겠지요.

실제로 다음날부터는 교외에 있는 마을들도 방문했지만, 저는 장애인을 한 명도 발견하지 못했습니다. 있다고 해도 가족들이 밖으로 내보내지 않는다고 합니다.

시각장애인 학생들이 우리들에게 노래를 불러주었습니다. 우리를 위해 오리지널 가사를 만들고, 노래 연습을 했다고 합니다.

약한 사람들과 함께 나아가는 당신들의 모습을 존경합니다.
지구 안에서 하나의 가족으로 우리들을 지탱해 주었습니다.

장애가 있는 우리를 앞으로 나아가도록 이끌어주었습니다.
아무쪼록 골(goal)까지 손에 손을 잡고 모두를 위하여
새로운 힘으로 미래를 짊어지고 나아갑시다.

몬 씨의 통역을 들으며 나는 그만 눈물을 흘리고 말았습니다.

감동, 감사… 그런 단어로는 이 마음을 다 표현할 수 없었습니다. 굳이 말한다면, 그것은 '이 나라에서 난 뭘 할 수 있지…' 같은 안타까움에 가까운 것이었습니다.

료타는 히어로

양곤으로 돌아온 나는, 지적 장애아들의 생활훈련시설인 〈New World〉를 방문했습니다. 수년 전에 세상을 떠나신 일본인 여성의 유언에 따라, 일본재단이 1억5천만 엔의 유증자산을 사용해 완성한 시설입니다. 나는 거기서 90분간 강연을 하기로 되어 있었습니다.

강연장에는 지적 장애아들의 부모가 150명이나 모여 있었습니다.

솔직히 말하면, 전날까지 나는 어떤 이야기를 해야 할까 망설였습니다. 하지만 전날 학장님께서 해주신 "있는 그대로의 기시다 씨 이야기를 들려주세요."라는 말을 떠올리며 강연 내용을 되새기었습니다.

강연하면서 늘 느끼는 거지만, 강단에 선 사람은 강연장에 슬픔의 감정을 퍼트려서는 안 됩니다. 망설여서도 안 됩니다. 스스로에게 희망이 없다면, 남들에게 희망을 전할 수 없기 때문입니다.

강연에서는 지나온 내 인생과 깨달음에 대하여 말하였습니다. 특히 료타의 육아와 료타가 살아가는 법에 대한 이야기가 대부분을 차지했습니다. 당시 스무 살이 된 료타는 취로지원을 받으면서 구내의 정원 정비 같은 간단한 작업을 돕고 있었습니다.

단상에 있으면 듣고 있는 학부모들 한 사람 한 사람의 얼굴이 보입니다. 고개를 끄덕이며 진지한 표정으로 귀를 기울이던 어머니들이 눈물을 머금으며 다가와, 단상에서 내려온 제 손을 잡아 주었습니다.

"저도 기시다 씨랑 완전히 똑같은 케이스라 그 마음을 잘 압니다. 아이가 일을 할 수 있을 거라는 생각은 전혀 못했는데, 료타 군의 이야기를 듣고 눈이 번쩍 뜨였습니다. 어떻게 하면 사회에 적응할 수 있을까요?"

"우리 아이는 그림을 잘 그려요. 료타 군은 무엇을 잘하나요?"

어머니들의 질문은 다음 장소로 이동해야 할 시간이 되었는데도 끝나지 않았습니다.

설마 한 번도 와본 적이 없는 나라에서 이렇게 인기가 있으리라고는 상상도 못했습니다. 그것은 분명 료타도 마찬가지일 겁니다.

미얀마에서 지적 장애인의 취직이란 생각할 수도 없는 일이라고 합니다. 그런 상황에 있는 어머니들에게, 지원을 받으며 일하는 료타의 모습은 희망 그 자체였겠지요.

아무튼 이야기라도 들어주면 좋겠다는 마음으로, 점심 먹는 것도 잊은 채 간절하게 고민을 털어놓는 엄마들이 20년 전의 내 모습과 겹쳐졌습니다.

료타를 낳았을 때, 나는 누구에게도 고민을 털어놓지 못했습니다. 혼자만 사회에서 격리되는 것 같아서, 그것이 가장 슬펐습니다. 료타와 함께 사라져버리고 싶었던 과거가 이런 식으로 도움이 될지 몰랐습니다. 나와 같은 전철을 밟는 엄마들에게 작은 도움이라도 될 수 있다면, 나는 기꺼이 이야기하고 싶습니다.

지금은 비록 료타가 가르쳐준, 무엇과도 바꿀 수 없는 배움 덕에 행복하게 살고 있지만, 그렇다고 누군가 지적 장애아를 낳아서 좋으냐고 묻는다면 흔쾌히 '예스'라고 대답할 자신은 없습니다.

지적 장애를 가짐으로써 료타도 적잖은 고생을 했고, 나 또한 수많은 눈물을 흘렸습니다. 다른 어머니들의 눈물을 보아도, 지적 장애의 육아에는 고생과 불안이 따름을 알 수 있습니다.

료타는 주변인들이 많이 도와주셨습니다. 아마도 내가 무의식적으로 '할 수 없는 것'이 아니라 '할 수 있는 것'을 계속 가르쳤기 때문에, 주변의 사랑을 받았던 것인지도 모릅니다.

덧셈뺄셈이나 한자를 쓰고 읽지는 못해도 인사는 할 수 있을 거야, 혼자서 몸을 씻을 수 있으니까 분명 청소도 할 수 있을 거야…

나와 료타의 눈앞에 펼쳐진 길은 모두 바른 길이었을 겁니다. 누구든 그런 믿음으로 선택하면 어떤 길이라도 바른 길이 됩니다.

"지금 처한 역경 속에서 한 가지라도 더 할 수 있는 것을 함께 생각해 봅시다. 사랑하는 우리 아이들을 위해서!"

이는 어머니들에게 한 말이기도 하고, 나 자신에게 한 말이기도 합니다.

예의 없는 이유

문득 떠오른 생각이 확신으로 변한 것은 국내선 항공기 안에서였습니다.

통로를 사이에 두고 옆 좌석에 젊은 엄마가 앉아 있었는데, 그녀가 안고 있던 갓난아이가 갑자기 울음을 터트렸습니다.

아무리 달래도 아기가 울음을 멈추지 않아 어찌할 바를 모르는 젊은 엄마를 보며, 나는 내 나름대로 아기를 달래보기로 했습니다.

어쩐 일인지 나는 옛날부터 갓난아이들에게 인기가 좋았습니다. 게다가 요즘은 휠체어를 타고 다니니, 유모차에 탄 아기들과 시선이 부딪쳐 더욱 아기들의 흥밋거리가 되었지요. 있다없다~ 놀이도 해보고, 손장난도 해보는 사이 겨우 갓난아이가 울음을 멈추었습니다.

일본에서였다면 그 다음에 어떠한 광경이 펼쳐졌을까요? 애기 엄마는 '고맙습니다'란 인사와 함께 허리를 굽히지 않았을까요? 아마도 그것이 일반적인 풍경일 겁니다.

하지만 그 젊은 엄마는 아무 말 없이 그냥 자리로 돌아갔습니다. 이런 행동은 물론 그녀가 예의도 모르는 차가운 사람이라서가 아닙니다.

미얀마에서 지낸 5일간, 나는 호텔 외의 다른 장소에서는 거의 자력으로 휠체어를 타지 않았습니다. 시간으로 따지면 5분도 안 될 겁니다.

어디에서든, 아무리 사람이 많은 혼잡한 곳이라도, 누구랄 것도 없이 미얀마인들이 와서 휠체어를 밀어주었기 때문입니다. 가게 분들이 서비스 차원으로 해주는 것이 아니라, 거리를 지나는 남녀노소 누구나 할 것 없이 내게 도움을 주었습니다.

도움을 받은 순간 내가 미얀마어로 "쩨쥬 띤 바데(고맙습니다)!"라고 하면, 그들은 순간 놀란 얼굴이 되지만 다음 순간에는 모두가 활짝 웃어 보입니다.

2014년에 영국의 자선 조력(charity's aid) 재단이 발표한 〈월드 기빙 인덱스(가장 지원을 많이 한 지표)〉에 의하면, 1위가 미얀마입니다. 즉 기부를 하고, 자원봉사에 가장 많은 시간을 할애하는 국민이라는 뜻이 됩니다.

아마도 미얀마의 종교적 영향도 있을 겁니다. 보다 좋은 내세

쩨쥬띤바데!!!

를 맞이하기 위해서는 현세에 덕을 쌓아야 하는데, 승려와 어려운 처지의 사람에게 기부를 하고 도와주는 것이 그중 으뜸이라고 생각하기 때문입니다.

미얀마인들은 누군가 곤경에 처해 있으면 당연히 도와야 하므로, 반대로 도움을 받는 것도 당연시 여깁니다. 그러니 필요 이상의 감사인사를 주고받는 일도 없는 것이지요.

도움을 주고받는 문화가 쉽게 뿌리 내린 나라, 미얀마. 감사인사가 없어도 전혀 어색하지 않은 것은 참으로 독특한 경험이었습니다.

유니버설 매너가 필요 없는 나라

　도움을 주고받는 문화에 대해 생각하다 보니, 작년 여행회사와의 제휴 업무로 방문한 하와이의 풍경이 떠올랐습니다.

　휠체어를 타고 이동하면서 좀 어색한 상황은 많이 발생했지만, 그럴 때면 지나가던 사람들이 미소 띤 얼굴로 도와주었기 때문에 딱히 불편을 느끼지는 못했습니다.

　하와이에는 관용으로 서로를 용서하고 도와주는 '알로하'의 정신이 있습니다. 알로하 정신은 일상생활에도 여지없이 나타나서, 아무리 바쁜 시간대라도 자동차의 경적소리가 거의 들리지 않습니다. 게다가 미국은 1990년부터 ADA법(장애에 의한 차별을 금지하는 공민권법, 공민시설의 베리어 프리의 의무화 등)이라는 법률도 있습니다.

　이에 비하여 일본은 어떤가요?

일본인들에게 종교를 물으면 '불교'라고 답하는 이들은 꽤 되지만, 이는 미얀마인들의 불심과는 조금 다릅니다. 종교에 대한 믿음으로 사람을 돕는다는 생각이 그다지 일반적이지 않다는 말입니다.

법률은 또 어떤가요? 2016년 4월부터 장애자차별해소시행법이 시행되었습니다. 다행히 이번 법률은 이전의 '하드' 면만 기재한 것과 달리, '하트' 쪽 베리어 프리의 중요성도 언급하고 있습니다. 미국에 비하면 늦은 편이고, 유감스럽게도 국내 인식률도 아직 높지 않습니다.

미얀마에는 종교문화가, 미국에는 법률이 장애인을 위한 배경이 되어줍니다. 하지만 일본에서는, 곤경에 처한 장애인에게 쉽게 다가서는 문화적 토양이 없습니다. 그것이 무관심과 지나친 배려의 양극단으로 치닫는 이유입니다.

일본은 유니버설 디자인 측면에서 보면 세계에서도 뒤지지 않는, 아니 우수한 나라입니다. 이처럼 '하드' 면이 잘 정비되어 있는 일본이라면 일본 나름의, 일본만이 할 수 있는 '하트'를 실천하는 방법도 분명 있을 겁니다.

빈말이라도 미얀마가 '하드' 면에서 뛰어나다고는 말 못하겠습니다. 하지만 그런 것쯤 충분히 커버하고도 남을 '하트'의 도움을 받아 저는 5일간의 출장에서 어떤 불편함도 느끼지 못했습니다.

장애인과 그 가족들이 생기 있게 살아가는 사회를 만들기 위해서는, 나라마다의 문화와 특성을 파악하여 조율해야 할 것입니다.

  이 깨달음은 제게 아주 큰 의미를 남겨주었습니다.

기도하는 아침

귀국 날 아침, 저와 나미는 슈에다고 파고다(불탑)를 방문하였습니다.

국적이나 신분에 상관없이, 파고다에서는 모든 사람이 맨발로 참배해야 합니다.

"휠체어를 타고 있는 당신도 구두는 벗어주세요."

입구에서 그런 말을 듣고, 우리는 마주보며 웃었습니다. 휠체어에 타고 있어도 다른 모두와 평등한 취급을 당하는 것이 오히려 기뻤기 때문입니다. 나 말고도 휠체어에 탄 사람이 몇 명 있었는데, 모두가 외국인 관광객이었습니다.

양복으로 몸을 감싼 사람, 로지라는 민족의상을 몸에 두른 사람, 젊은 여성 그룹, 노부부… 어느 누구 할 것 없이 모두 맨발입니다. 어떤 이는 바닥에 앉아 조용히 금색의 탑을 바라보고, 어떤 이는 이마를 지면에 대고 생각에 잠깁니다.

미얀마인들에게 기도와 명상은 마음을 풍요롭게 하는 아주 자연스러운 생활의 일부입니다. 자신을 위해서 혹은 아들과 딸, 소중한 사람을 위해서 그들은 기도를 합니다.

기도란 신격화된 무엇에게 어떤 실현을 바라는 행위입니다.

기도란 기대입니다. 그 기대를 신에게 고하고자 마음을 가다듬고 '나는 어찌하여 그것을 구하고자 하는 걸까?', '지금 나에게 무엇이 충족되지 않은 걸까?'를 정리하고 생각합니다.

생각해 보니, 대동맥해리 발병 후 병원에 누운 채 절망에 빠져 있던 나는 기도조차 할 수 없었습니다. 흐르는 눈물도 닦지 못하고 천장을 바라보며 '이럴 리가 없다'고 현실을 원망하기만 했습니다. 아주 힘들고 괴로운 시간들이었지요.

그렇다면 나는 언제부터 기도를 했을까, 기억을 더듬어봅니다. 아마도 '사람들에게 도움이 되고 싶다', '나미와 료타의 엄마로서 어떻게든 아이들을 위해 살고 싶다'고 생각을 고쳐먹기 시작한 때부터였습니다. 내게 무언가 바람이 생긴 다음부터라는 말입니다.

인간은 남을 위하여 기도함으로써 보다 순수해지고 강해질 수 있다고 나는 확신합니다.

저에게 기도란, 자신을 조용히 뒤돌아보고 슬픔과 마주하는 일이었습니다. 걸을 수 없는 내가 앞으로 나아가는 방법이기도 했습니다.

"있잖아, 엄마. 내가 태어난 요일 기억하고 있어?"

한손에 꽃을 든 채 나미가 말했습니다.

미얀마에서는 태어난 요일을 중요시하여, 파고다 안에서도 기원을 올리는 신이 각각 다릅니다.

"그럼~, 1991년 7월 25일은 목요일이었어. 오사카에서 텐신사이(天神祭)가 있었던, 아주 더운 날 아침이었지."

"역시 엄마야. 엄청 자세하게 기억하고 있네?"

나미가 놀란 얼굴로 말했습니다.

"한눈에도 아빠랑 똑 닮은 얼굴이었거든. 더 이상 바랄 게 없을 정도로 행복했단다."

둘이서 꽃을 올리고 눈을 감고 합장을 했습니다. 조용한 기도의 시간이었습니다.

하얀색과 금색의 건물 사이로 태양이 비치어들었습니다. 금색 지붕에 반사되어 다 태워버릴 듯한 햇살이 쩽쩽 내리쬐는 가운데, 저는 미얀마에서 만난 사람들을 떠올리며 기도를 올렸습니다. 지금은 그들에게 내 이야기를 하는 것 말고는 아무것도 할 수 없었으니까요.

장애인이 불편함을 느끼지 않고, 불안 없이 살 수 있는 사회를 실현하는 길은 멀고도 험합니다.

8년 전, 나미와 처음 거리로 나섰던 날을 기억합니다. 혼잡한 사람들 틈을 헤집고 이동하며 누군가에게 부딪힐 때마다 '죄송합니

함께해 주신 모든 분들께 은혜를!!!

다', '미안합니다'를 연발하며 머리를 숙였지요. 입에서 그 말이 나올 때마다 점점 작아지는 내 모습에 괴로웠던 기억이 선명합니다.

미얀마에 도착한 날부터 저는 '감사합니다'를 입에 달고 살았습니다. 그리고 나와 똑같은 상황의 어머니들에게 존경의 눈길을 받았지요.

힘들게만 느꼈던 과거의 기억이 그 형태를 바꾼 것입니다.

'함께해 주신 모든 분께 은혜를!'이란 기도는 오늘도 계속되고 있습니다.

공항에 가기 위해 올라탄 버스.

문득 시선을 들자 먼지투성이의 익숙한 한자가 눈에 들어왔습니다. 아마도 5년 전쯤 일본에서 사용했던 노선버스인 모양입니다. '다음 정차합니다', '블랙박스 작동중' 등, 아마 여기서는 사용하지 않는 기능 표시도 그대로 남아 있는 것을 보니 절로 미소가 떠올랐습니다.

무엇보다 놀란 것은 승차할 때입니다. 논스텝과 슬로프의 설비도 그대로여서 나는 휠체어에 탄 채 그대로 스무드하게 버스에 올라탈 수 있었습니다. 계단에서는 휠체어를 들어 올리는 게 일반적인 이 나라에서 진귀한 경험이었습니다. 일본이 5년 전에 만들어낸 베리어 프리의 설비가 돌고 돌아 미얀마의 장애인 이동을 돕고 있는 것입니다.

이 사실을 피부로 느끼자 저는 확실한 희망을 품었습니다.

내가 이제 일본에 돌아가 전해야 할 것, 나아가야 할 길도 분명 언젠가는 누군가에게 도움이 될 것이라는 희망!

그 또한 마음으로부터의 기도였습니다.

09

언젠가 아름다워질 오늘에

불행과 절망은 다르다

태어나서 이 책을 쓰기까지 49년 동안, 가장 힘들었던 때가 언제냐고 묻는다면 나는 망설이지 않고 이렇게 답할 겁니다.

"아무도 나를 필요로 하지 않았을 때요."

어떤 상황에서든 저는 내 소중한 사람들에게 도움이 되고 싶었으니까요.

물론 가족에게 따뜻한 밥을 먹이고, 함께 쇼핑하자는 친구와 어울리고, 미래를 고민하는 동료에게 카운슬러가 되어주는, 그런 작은 일들이지만요.

걸어 다닐 때는 당연했던 그런 사소한 일들이 어느 날 갑자기 멈추어버렸습니다. 침대에 누운 채 혼자서는 아무것도 할 수 없었던 입원생활은 내 생애 가장 힘든 나날이었으며, 절망 이외의 단어로는 표현할 바를 몰라 방황하던 날들이었습니다.

여기서 잠깐, 밝혀두고 싶은 것이 있습니다.

"기시다 씨는 불행했던 삶을 딛고 일어서신 거군요."

간혹 그런 말을 들을 때가 있습니다.

불행이란 글자 그대로 행복하지 않은 것을 말합니다. 행복하지 않다는 것은 사랑받지 못했다는 것, 그럼 저는 사랑받지 못했던 걸까요?

아니, 그렇게 생각하지는 않습니다. 키워주신 부모가 있고, 온전한 내 편이 되어준 남편과도 만났고, 나미와 료타라는 사랑하는 아이들이 있으며, 나를 응원해 주는 친구와 동료도 있습니다.

갑작스러운 병으로 세상을 떠난 남편의 일은, 내 힘으로는 어쩔 수 없는 일이었으니 불행이라고 할 수도 있겠네요. 하지만 나는 한 번도 스스로를 불행하다고 생각한 적이 없습니다.

만약 이 책을 읽고 있는 당신 입에서 "나는 불행해"라는 한탄의 소리가 새어나오려고 한다면, 그 불행 속에서 헤어나도록 내가 해줄 수 있는 한마디는 "절망하지 마!"입니다.

절망이란 희망을 잃는 일입니다. 더 이상 바람이 없다는 말입니다.

뒤집어서 말하면, 희망을 잃지 않고 바람을 가지는 건 우리들의 노력으로 어떻게든 됩니다. 없는 것이 아니라 있는 것에, 할 수 없는 일이 아니라 할 수 있는 일에 눈을 돌리세요. 그것이 나의 노력이었습니다.

누구라도 절망에게는 저항할 수 있습니다.

절망에게 저항하는 의지의 힘은, 우리가 생각하는 것보다 훨씬 더 큰 행복을 불러오는 요소가 됩니다.

인기는 알 수 없는 것

제가 스스로에게 반복해서 되뇌는 말이 있습니다.

'받아들이는 법을 바꾸는 건 나 자신!'이란 말입니다.

사람들이 흔히 하는 말 중에 '역지사지(易地思之)'가 있습니다.
'남 생각도 좀 해야지'라든가 '상대방의 입장이 돼 봐' 같은 말들
이지요.

솔직히 저도 걸어 다닐 때는, '나는 사람들의 마음을 이해하는
편'이라고 생각했습니다. 특히 자신의 의사 표시를 확실히 못하
는 료타를 지켜야 하니까, 료타가 무언가 원하기 이전에 먼저 알
아서 해준다고 생각했습니다. 누군가 깁스라도 하면 상대방이 불
편하지 않도록 내가 먼저 알아서 처신한다고 생각했습니다.

그 생각이 180도 바뀐 것은 휠체어생활을 하게 된 다음부터입
니다.

"기시다 씨라면 걷지 못하더라도 분명 행복해질 거니까 힘내세요."

"기시다 씨 마음은 잘 알아, 나도 힘든 시기가 있었으니까."

침대에 누워 있는 내게 사람들은 갖가지 말로 위로를 해주었습니다. 그들의 마음은 정말 고마웠지만, 사실 그 어떤 말도 내 마음에 와 닿지는 않았습니다.

'내 고통을 알지도 못하면서 함부로 말하지 마!'

가슴속 아우성은 슬픔을 넘어 분노마저 불러일으켰습니다.

내 마음을 가장 잘 아는 이는 다름 아닌 '나'입니다. 걷지 못한다는 사실을 스스로 받아들이고 인정할 수 없는 이상, 그 슬픔은 어떤 방법으로도 진정될 수 없습니다. '그때 좀 더 건강에 신경을 썼다면', '일을 그만두었더라면' 등등 이미 지난 일을 두고 갖은 이유를 붙여 누군가의 탓으로 돌린다 해도 아무 소용이 없습니다.

슬픔을 이겨내기 위해서는 본인이 스스로를 용서하는 길밖에 없습니다. 지나온 모든 상황은 다 내가 선택한 길이기 때문입니다.

현실을 받아들이고 자신을 용서하며 긍정적으로 나아가기 위해서는, 커다란 용기가 필요합니다. 때에 따라서는 아픔이 동반되기도 하지요.

만약 소중한 사람이 어떤 갈등으로 괴로워하고 있다면, 그의 곁을 지켜주세요. 그의 상황과 마음을 온전히 이해하지는 못해도 함께 있어줄 수는 있으니까요. 그의 이야기에 조용히 귀를 기울여주고, 그가 믿고 가고자 하는 길을 그 사람 이상으로 믿어주세요.

우리는 모두 마음 깊은 곳에 '괜찮을 거야'라는 희망을 간직하고 있습니다. 그리고… 그 희망을 소중한 사람에게 인정받고 싶어 합니다.

생각이 바뀌면 결과가 변한다

'이제 끝이야', '절망적이야'란 생각이 드는 일들이 벌어졌을 때는, 생각의 각도를 조금 바꾸어보세요.

예를 들면, 나는 이렇게 생각했습니다.
[사건] 병의 후유증으로 걸을 수 없게 되었다
[결과] 앞으로의 인생은 적막함 그 자체, 절망이다

그러나 실은, 이 사건과 결과 사이에 '사고(思考)'도 존재합니다.

[사건] 병의 후유증으로 걸을 수 없게 되었다
[사고] 혼자서는 아무것도 못하고, 아무도 날 필요로 하지 않을 것이다

[결과] 앞으로의 인생은 적막 그 자체, 절망이다

나는 무의식적으로 이렇게 생각하고 있었던 겁니다.

하지만 사고를 플러스 방향으로 변환시키면, 결과도 플러스 방향으로 바꿀 수 있습니다.

[사건] 병의 후유증으로 걸을 수 없게 되었다
[사고] 지금까지와는 다른 인생을 살 수 있는 기회일 수 있다
[결과] 걷지 못해도 할 수 있는 나만의 일을 찾자

그렇게 나는 병상에서 다시 일어설 계기를 찾았습니다.

이 사고법이 바로 미국의 심리 세라피스트 앨버트 앨리스가 제창한 〈ABC이론〉입니다.

인생에서 일어날 일은 정해져 있고, 좋은 일도 나쁜 일도 필연이라고 나는 생각합니다. 인생에서 도망칠 수는 없습니다.

일단 발생한 일은 좋은 일이든 나쁜 일이든 바꿀 수 없지만, 자신의 사고는 바꿀 수 있습니다. 이 사실을 깨달았을 때, 나는 더없이 편안해졌습니다.

플러스 사고로 전환하면, 불행이나 절망으로부터 도망치는 것이 아니라 저항할 수 있습니다.

재검토 = 바람 이루기

사고를 바꾼다는 건, 지금 처한 상황을 침착하게 객관적으로 재검토하는 일입니다.

어떤 식으로든 현재의 상황에 행복을 느끼지 못하면, 좀처럼 플러스 방향으로 나아가지 못합니다. 저 또한 그랬으니까요.

병실에 누워 천장만 바라보고 있을 때는, 내게 가능한 일이 무엇인지 몰랐습니다. 무엇을 할 수 있는지 몰랐기 때문에 무엇을 하고 싶은지도 몰랐던 겁니다.

그래서 생각해 낸 방법이 '하고 싶은 일을 적어보기'였습니다.

일단 내일, 무엇을 하고 싶은가?

병원의 1층에 있는 매점에 가고 싶다. 오렌지 젤리를 사고 싶다.

그 다음날, 무엇을 하고 싶은가?

가족이 병실에 오면, 병원 현관까지 배웅하고 싶다.

정말 아주 사소한 일들이었지만 글자라는 형태로 적다 보니, '아, 나도 아직 하고 싶은 게 있구나!' 하고 처음으로 깨달았습니다.

단 한 줄의 메모였지만, 메모를 함으로써 맛본 성취감은 조금씩 설렘으로 바뀌었습니다. '자, 다음엔 뭘 하지?', '이 정도는 할 수 있을 거 같은데?'… 이런 두근거림은 내게 긍정의 기운을 불러일으켜주었습니다.

내일 무엇을 하고 싶은지는 다음 주 무엇을 하고 싶은지로, 다음 달 무엇을 하고 싶은지는 내년에 무엇을 하고 싶은지로… 긴 시간에 걸쳐, 나는 먼 미래의 나에게 기대를 걸 수 있게 되었습니다. 작은 성취감을 쌓아올린 스스로가 내 미래의 굳건한 기반이 되어준 것이죠.

바람을 적는 일은, 나를 앞으로 나아가게 하기 위한 의식이 되었습니다. 지금은 한 달에 한 번, 새로운 달이 시작하는 날에 열 가지 바람을 적습니다. 자랑은 아니지만, 아직까지는 3년 이내에 거의 이루어졌습니다. 단 하나, 9년 전에 기록했지만 아직 이루지 못한 바람이 남아 있습니다. 바로 '책 쓰기'입니다.

감사하는 마음이 나를 강하게 만든다

나의 바람을 이루게 해주는 것은 '나'입니다. 그러니 나 자신에게는 솔직하고 자상해야 하며, 누구보다도 감싸고 이해해 주어야 합니다.

남편을 잃고 걸을 수 없게 되자, 당연했던 일은 당연하지 않은 일이 되어 내게 다가왔습니다. 언제 무슨 일이 일어날지 알 수 없는 두려움을 이겨내려면 나 자신을 믿어야 했습니다.

나를 '내 편'으로 만드는 가장 간단한 방법은 '감사의 마음' 갖기입니다.

별일 없이 무사히 하루가 지난 것에 대한 감사, 일을 끝까지 마칠 수 있었던 것에 대한 감사, 모두가 즐거웠던 모임에 대한 감사… 작은 일 하나하나에도 감사하게 되었습니다. 그리고 나를 둘러싼 주위의 모든 것에도 감사하게 되었지요.

오늘부터 당신이 내딛을 수 있는 첫걸음은, 먼저 입 밖으로 소리를 내보는 것입니다.

매일 눈을 떴을 때, 가족과 얼굴을 마주했을 때, 회사에 도착했을 때, 한숨 돌리고 주변을 둘러보세요. 가까워도 되고, 멀어도 괜찮습니다. 인간의 눈은 먼 곳을 바라보면 더 많은 사물을 볼 수 있으니까요.

누군가에게 무엇이든 도움을 받았다고 느끼면 "고마워요."라고 소리 내어 전해 보세요. 그냥 그뿐입니다. 그렇게 반복하다 보면 내 자신에게도 자연스럽게 말할 수 있게 된답니다.

감사의 마음을 지니면, 화나는 일이 한층 적어집니다. 화를 내는 것은 생각 이상으로 몸에 부담을 주어 심장이나 위까지 나빠지게 하니까요.

즐거워서 웃는 게 아니라 웃으니까 즐겁다

뜬금없지만, 지금부터 3분간 숨을 멈추어보세요.

대부분은 아마도 힘들어서 못한다고 하시겠죠. 죄송합니다.

그럼 이번에는 웃는 얼굴을 만들어보세요.

어떻게 해야 될지 모르겠다면 그냥 입꼬리를 올리세요.

숨을 멈출 수는 없어도 웃는 얼굴은 만들 수 있지요?

그럼 그대로 10초간 가만히 있으세요.

어떠신가요? 기분이 조금 좋아지는 것 같지 않나요?

웃는 얼굴은 눈과 볼 등 근육의 수축이완으로 만들어지는데, 그때의 움직임이 뇌에 전해집니다. 비록 억지로 만든 얼굴이라도 뇌는 얼굴의 표정을 전달받아 '즐겁'고 착각한다고 합니다. 그래서 자연스럽게 웃었을 때와 마찬가지로 즐거워지는 것이죠.

즐거워서 웃는 게 아니라 웃으니까 즐거워지는 겁니다. 이렇게 손쉽게 효과를 볼 수 있는 약은 어디에서도 살 수 없습니다.

저는 강연장에서 언제나 웃는 얼굴을 만들도록 한 다음, "웃는 얼굴 그대로 옆 사람과 마주보세요."라고 말합니다. 아주 잠깐의 침묵이 흐르고 나면, 강연장 여기저기서 작은 웃음소리가 터져 나오면서 분위기가 확 바뀝니다.

웃는 얼굴을 보며 기분이 나빠질 사람은 없습니다.

이는 해외에 나가면 더욱 절실히 느낄 수 있습니다. 하와이에 서는 누구나 온화하게 웃으며 부드러운 어투로 "May I help you?" 라고 물어봐줍니다. 아무리 조바심 나는 상황이라도 상대방이 이런 태도를 보이면 안절부절 못하는 자신이 오히려 바보스럽게 느껴집니다.

분노나 슬픔을 거둘 수 있는 것은 '웃는 얼굴'입니다. 이는 상대 방뿐 아니라 나 자신에게도 마찬가지입니다.

사실 나를 나로 있게 해준 것 또한 웃는 얼굴이었습니다.

그저 처음에는 불쌍하게 보이고 싶지 않다는 생각에 지은 표 정이었지만, 병실에서 억지로 웃고 있다 보니 점차 좋은 일이 생 겼습니다. 주변에 점점 사람들이 모여드는 겁니다.

"기시다 씨를 보고 있으면 기분이 좋아져. 내 얘기 좀 들어줄 래?"

"내 고민 따위 정말 작게 느껴져."

실은 그저 가짜 웃음을 지어 보인 것뿐이었는데, 모두가 좋게 생각해 주신 덕분에 나는 '고독'이라는 절망에서 벗어날 수 있었습니다.

나에게 '웃는 얼굴'이란, 나 자신에게 힘을 불어넣어준 멋진 마법입니다. 그리고 그 마법은 누구라도 사용할 수 있습니다.

현재의 저는 고독하지 않지만, 그래도 강연에서는 처음부터 끝날 때까지 쭉 '웃는 얼굴'을 잃지 않으려고 주의를 기울입니다.

강연을 듣는 청중이 따라 웃어주었으면 싶은 마음도 있고, 프로필만으로는 '비참한 인생'이라거나 '분위기가 어두울 거 같다'고 생각하시는 분이 많기 때문이기도 합니다.

저를 만나러 와주신 분, 이 책을 읽어주신 분, 저와 관계된 모든 사람들의 얼굴에 웃음꽃이 피었으면 좋겠습니다. 긍정의 에너지가 넘쳤으면 좋겠습니다.

그것이 지금의 저에게 〈남에게 도움이 되는 일〉을 하는 행복이며, 절망하지 않기 위한 바람입니다.

◇ 에필로그 ◇

료타를 낳은 22년 전, 남편을 잃은 12년 전, 병으로 쓰러진 9년 전… 저는 절망의 연못에 있었습니다.

이제 나는 완전히 끝났어, 더 이상 살아갈 기력이 없어… 그렇게까지 생각했지요.

그럼에도 저는 지금, 현재를 살고 있습니다.

절망은 끝이 아니라 시작이었기 때문입니다.

과거는 자책과 후회가 아니라, 용기를 주는 것이었습니다.

저의 오늘은 과거의 내가 바란 미래입니다.

그렇게 생각하면, 눈에 보이는 모든 것이 아름답게 느껴집니다.

산다는 것은, 어쩌면 힘든 일의 연속인지도 모릅니다.

그래도 저는 있는 힘껏 웃으며 앞으로, 앞으로 나아갈 것입니다.

언젠가 아름다워질 오늘을 위하여….

엄마와 딸의 편지

· · · · · · · · · · · ·

엄마가 딸에게 보내는 편지

딸이 엄마에게 보내는 편지

엄마가 딸에게 보내는 편지

나미에게

책 출판이라는 근사한 기회를 안겨준 우리 딸, 고마워!

여기까지 올 수 있었던 건 전부 우리 딸 덕분이야. 네가 없었다면 불가능했을 거야. 내 딸이지만, 이렇게 믿음직한 존재로 성장한 모습을 보니 감개무량하구나.

"간사이가쿠인(關西學院) 대학에 갈 거야!"

이루지 못할 수준의 꿈을 목표로 수험공부에 열중하던 때가 생각나는구나. 그때는 지금의 네 모습은 상상도 할 수 없었지. 갑자기 아빠를 잃고, 절망을 맛보고, 이어서 엄마인 나까지 쓰러지고… 겨우 열일곱 살인 네가 겪었을 고통을 생각하면 엄마는 지금도 눈물이 난단다.

우리 모녀는 너무도 잔혹한 운명을 짊어지게 되었지만, 그래도 왠지 불행하다고는 느끼지 않았지. 엄마가 웃으면서 긍정적으로 살 수 있었던 건, 우리 딸이 언제나 함께 울고 웃으며 고민하고 격려해 주었기 때문이야.

"엄마, 내 말 좀 들어봐~~!"

"엄마, 나 어떻게…."

우는 소리를 하는 너를 어르고 달래주던 게 엊그제 같은데, 요즘은 완전히 입장이 역전되어 오히려 네가 나를 어르고 달래는 일이 많아졌지.

요즘, 이런 생각이 자주 들어.

우리 가족의 운명을 180도로 바꾼 건 아빠의 죽음이었지. 어렵고 힘든 일이 생기면 엄마는 늘 '아빠가 있었다면…'이란 말도 안 되는 상상을 하다 우울해지곤 했단다. 그래서 가끔은 우릴 두고 가버린 아빠를 원망하곤 했지. 하지만 내가 틀렸던 거야. 아빠는 늘 우리 곁에 계셨어.

나미야, 기억하고 있니?

"나미는 내 딸이니 괜찮을 거야! 열심히 하렴!"

아빠는 네게 늘 그렇게 말하곤 했어.

기억나니? 아빠가 주었던 생일 선물들. 흥미를 폭넓게 가져야 한다며 백과사전 세트, '이제는 IT시대'라며 다섯 살짜리 꼬마에게 사준 컴퓨터, 아직 이름 없는 일을 스스로 만들어 보라며 『13

세의 헬로 워크』*라는 책을 선물했었지.

초등학교 6학년 때 아빠와 둘이 도쿄로 여행 갔던 건 생각나니? 어른이 되면 도쿄에서 성공하라며 도쿄의 대학들과 빌딩 숲을 보여주었지. 그 외에도 여러 메시지를, 스피릿을 아빠는 네게 정말 많이 남겨주었단다.

지금의 나미를 만든 건 아마 아빠 덕분일 거야. 아빠는 지금, 비록 이 세상에는 없지만 나미의 마음속에 항상 존재한다는 게 느껴져.

지금까지 정말 많은 일들이 있었지. 안타깝게도 그 대부분이 힘든 일뿐이구나. 그래도 우리 딸이 '현재'라는 멋진 풍경을 나에게 보여줄 만큼 성장한 건 많은 시련을 주신 신의 덕분이겠지.

신이여, 감사합니다.

무엇보다 함께해 준 많은 사람들 덕분에 지금의 네가 있다는 것을 잊지 마렴. 특히 나미를 만나 동료로 받아주고, 오늘까지 이끌어준 미라이로의 가키우치 씨와 타미노 씨에게는 아무리 감사의 인사를 해도 모자라구나.

"나미는 괜찮아, 내 딸이니까. 파이팅!"

아빠의 격려와 엄마의 사랑을 담아서….

기시다 히로미

● 『13세의 헬로 워크』: 소설가 무라카미 류가 집필한, 514종의 직업을 백과사전 혹은 에세이 형식으로 소개한 책. 헬로 워크(Hello+Work)는 (일본의) 공공직업안정소의 애칭이기도 하다.

엄마가 딸에게 보내는 편지

엄마에게

이렇게 편지를 쓰는 건 내가 기억하고 있는 한 처음인 것 같아요. 분명 유치원이나 초등학교 시절에도 썼겠지만, 엄마와 정반대로 덤벙거리고 잘 잊어버리는 저는 아무래도 생각이 나질 않네요.

하지만 이 책을 읽고 문득 생각이 났어요. 료타의 장애를 처음 알게 된 날의 일, 초등학교 선생님께 대들었던 일, 아빠가 사주었던 책, 가족 네 명이 함께 마지막으로 여행 갔던 일… 기쁜 일도 슬픈 일도 난 많이 잊고 있었나 봐요.

뒤집어 생각하면, 그만큼 정신없는 날들을 보내왔다는 말인지도 모르겠어요.

그래도 단 하나, 확실히 기억하고 있는 게 있어요.

제가 살아온 25년간, 엄마가 슬프게 우는 모습을 본 것은 그날 단 한 번뿐이에요. 따라 울거나 기뻐서 우는 일은 있어도, 엄마는 언제나 미소를 잃지 않았으니까요.

"나미랑 엄마는 친구 같아."

엄마와 나를 두고 주위에서 그런 말이 도는 건 나의 큰 자랑거리였어요.

엄마가 울고 있었던 건 병실의 침대 위에서였어요. 어둠이 내려앉는 병실 입구에서 저는 안으로 들어가지도 못한 채 훔쳐보고 있을 수밖에 없었지요.

엄마가 재활치료를 하러 간 사이, 몰래 엄마 휴대폰을 보았어요. 저와 료타에게 말하지 못했던, 엄마의 외로움과 괴로움을 써내려간 수신자 없는 문자가 몇 통이나 들어 있었지요.

저는 그날 엄마의 재활치료가 끝나는 것도 기다리지 못하고 그냥 집에 와버렸어요. 엄마, 기억나세요? 영문도 모르는 엄마가 몇 번이나 전화를 하고 걱정 담긴 문자를 보냈지만, 저는 아무런 답도 할 수 없었어요. 그때 사과드리지 못한 거 정말 죄송해요.

사실 그날 이후 줄곧 후회하고 있었어요.

엄마가 쓰러진 날, 의사선생님에게 수술해 달라고 말했던 내 선택을….

나는 엄마가 죽는 게 싫었어요. 좀 더 엄마와 함께 있고 싶었어요. 그 마음 하나로 아무 생각 없이 선생님에게 수술을 부탁했고, 그 선택으로 엄마는 목숨을 건졌습니다.

수술이 끝나고 "생명에는 지장이 없습니다."란 선생님이 말씀을 들었을 때, 저는 정말 기뻤어요. 할머니에게 전화카드를 빌려 잔액이 바닥날 때까지 친척들에게 전화를 돌렸지요.

살아서 다행이라고, 엄마는 축복받은 거라고….

저와 친척들의 말에 보답이라도 하듯 눈을 뜬 엄마는 웃고 있었지요.

하지만 엄마의 숨겨둔 눈물을 보았을 때, 자책해야 할 사람은 다름 아닌 나라는 걸 깨달았어요.

내가 수술을 원했던 탓에 엄마는 죽기보다 힘든 생활을 견디고 있었던 것이었죠.

그래서 엄마에게 '죽고 싶다'는 소리를 들었을 때, 전 어떤 말도 할 수가 없었어요.

생각 없이 입에서 나온 말은 '죽어도 돼'였지요. 그것이 내가 할 수 있는 마지막 보상이라고 생각했어요. 정말로 죽어버리면 어쩌지, 속마음은 초조함으로 가득했지만요.

그때 문득 눈에 들어온 것이 복권 광고였어요. 1등은 2억 엔. 2억 퍼센트는 그때 제가 생각할 수 있는 최대한의 숫자였어요.

대학에 입학해 미라이로의 창업 멤버로 참가했을 때, 엄마가 많이 걱정하셨던 거 알아요. 게다가 꽤나 성가시게도 굴었죠. 막차에서 잠이 들어 몇 번이나 종점 역까지 데리러 오라고도 했고, 학점이 간당간당해서 대학에서 통지가 날아오기도 하고… 저 때문에 엄마가 맘 졸였을 일을 떠올리니, 하나하나 셀 수가 없을 정도네요.

그래도 엄마, 그때의 선택은 정말 옳았던 것 같아요. 이렇게 엄마와 제가 함께 일하고 있으니까요.

처음 엄마가 많은 사람들 앞에서 이야기하고 싶다는 의지를 내보이셨을 때 저는 기뻤어요. 그리고 엄마와 일을 마치고 고베로 가는 기차에서 "죽지 않아서 다행이야"란 소리를 들었을 때, 저는 너무너무 기뻐서 날아갈 듯이 행복했어요.

엄마의 미소 덕분에 저는 아무리 힘든 일이 있어도 오늘을 살수 있었어요.

엄마, 살아주어서 고마워요.

나를 믿어주어서 고마워요.

중학교 즈음, 저는 "아빠랑 얼굴도 성격도 꼭 닮았네."라는 소리를 듣는 게 싫었어요.

엄마는 쌍꺼풀, 아빠랑 나는 속쌍꺼풀이었기 때문이죠. 겉모습만이 아니라, 관심이나 관점이 남들과 다른 점, 한 번 흥미가 일면 주변이 눈에 들어오지 않을 정도로 몰두해 버리는 어린애 같은 점도 아빠와 닮았지요.

학교에서도 "너 좀 특이하구나?" 같은 소리를 자주 들었고, 주위에 녹아들지 못하는 열등감도 있었어요.

하지만 지금은 아빠와 꼭 닮은 것이 자랑스러워요. 아빠는 엄마를 정말 사랑하셨지요. 아빠만이 할 수 있는 일에 최선을 다해 임하셨고, 우리들을 지켜주는 모습은 정말 근사했어요.

아빠가 가르쳐주신 모든 건 오늘도 내 가슴속에 살아 있어요. 이제부터는 나와 내 안에 있는 아빠가 사랑하는 엄마와 료타를 지킬 거예요.

앞으로도 어려운 일들이 잔뜩 기다리고 있겠지만, 우리는 분명 그 어떤 내일이 와도 웃고 있을 테지요. 지금까지처럼 우리, 그렇게 함께 살아가요.

엄마, 우린 2억 퍼센트 괜찮아요.

기시다 나미

ママ、死にたいなら死んでもいいよ

엄마, 죽고 싶으면 죽어도 돼

초판발행 | 2019년 5월 30일

지은이 | 기시다 히로미
옮긴이 | 박진희
일러스트 | 최정훈

펴낸곳 | 리즈앤북
펴낸이 | 김제구
본문 · 표지 디자인 | 씨오디
인쇄 · 제본 | 한영문화사

출판등록 제2002−000447호
주소 121−842 서울시 마포구 잔다리로 77 대창빌딩 402호
전화 02) 332−4037
팩스 02) 332−4031
이메일 ries0730@naver.com

ISBN 979−11−86349−87−8 03830